EL BARCO DE VAPOR

Mamá se ha marchado

Christoph Hein

Traducción de María del Carmen Muñoz

sm

elbarcodevapor.com

Dirección editorial: Elsa Aguiar
Colección dirigida por Marinella Terzi
Traducción del alemán: María del Carmen Muñoz
Ilustraciones: Juan Ramón Alonso

Título original: *Mama ist gegangen*

Impresores, 15
Urbanización Prado del Espino
28660 Boadilla del Monte (Madrid)
www.grupo-sm.com

CENTRO INTEGRAL DE ATENCIÓN AL CLIENTE
Tel.: 902 12 13 23
Fax: 902 24 12 22
e-mail: clientes@grupo-sm.com

ISBN: 84-675-0579-6
Depósito legal: M-38773-2005
Impreso en España / *Printed in Spain*
Gohegraf Industrias Gráficas, SL - Casarrubuelos (Madrid)

1

En realidad, Ula se llamaba Úrsula, pero solo la llamaba así la profesora del colegio. Para todas sus amigas era Ula, y tampoco en casa la llamaba nadie Úrsula. Para su padre y su madre, y para sus dos hermanos, Úrsula era Ula. Ni sus propios padres podían explicarle por qué no la habían bautizado con ese nombre, que a ella le gustaba mucho más.

Ula se entendía muy bien con sus amigas, sobre todo con Marlene, pero su amiga más querida era su maravillosa madre. La quería un poco más que a su padre, pero no se lo decía por no herirle. Y lo cierto es que también a él le quería, porque sabía escuchar y porque la niña era la preferida de sus hijos. Pero a su madre la quería un centímetro más. Así estaban las cosas.

Sus dos hermanos eran mayores que ella: uno le llevaba dos años y otro, cinco. Los dos eran buena gente y le echaban una mano siempre que necesitaba ayuda.

También podía contar con ellos cuando su padre o su madre le daban una respuesta típica de adultos: «eso puedes hacerlo tú sola», «si te esfuerzas un poco lo averiguarás tú misma» y cosas por el estilo.

Esas respuestas sirven de bien poco, pues si hubiera podido hacerlo ella misma no habría preguntado. Pero los adultos son así, incluso su admirable madre y su robusto padre.

Su hermano Karel se llamaba realmente Karl, pero un día había dicho en casa que se llamaba Karel y que quería que en adelante todos le dieran ese nombre. Desde entonces, cuando alguien se dirigía a él con el nombre de Karl, no reaccionaba o decía: «¿Karl? ¿Quién será ese tal Karl? ¿Hay algún Karl por alguna parte?».

Karel era tan listo que se aburría en el colegio, y sus profesores tenían miedo de hablarle porque temían que pudiera cogerlos en algún error.

Durante las clases leía libros científicos para no aburrirse. En cuarto de primaria se había estudiado los veinticuatro tomos de la enciclopedia, junto con los tres volúmenes de suplementos, que estaban en la estantería al lado de muchos libros de arte, y desde entonces no había ninguna pregunta a la que no pudiera contestar.

Pero no tenía mucho sentido práctico y no le interesaba nada que no fuera científico. Cuando su madre lo mandaba a comprar, solía volver con la bolsa vacía porque no recordaba qué necesitaban. Y cuando su madre se lo escribía en un papel, perdía la lista por el camino y volvía a casa también con la bolsa vacía.

Su hermano Paul comentaba que eso se debía a que tenía todo el cerebro lleno con la enciclopedia y no le cabía dentro ninguna otra cosa.

—Tonterías –replicaba Karel–. Lo que acabas de decir no está científicamente demostrado. El cerebro humano es un almacén incomparable que puede ampliarse indefinidamente mediante un entrenamiento bien planificado.

—Entonces, procura reservar en ese almacén un sitio para la lista de la compra de mamá –decía Paul, y añadía–: Más adelante, cuando seas mayor, podrás ganarte un dineral presentándote a algún concurso de la tele. Esa es la profesión adecuada para quien tiene una cabeza como una enciclopedia.

Su hermano Paul se llamaba realmente Paul. Era muy guapo y muy listo y causaba admiración a todo el mundo porque siempre sabía dar respuesta a las preguntas más difíciles y más incomprensibles, aquellas que desconcertaban y dejaban perplejo a cualquiera.

En el colegio asombraba a sus compañeros y a los profesores, en casa a sus padres y a sus familiares y en la calle a todo el mundo, especialmente a los guardias. Cuando todos habían manifestado sus opiniones y el único que aún no había hablado era Paul, dirigían la mirada hacia él para oír si tenía algo que aportar. Entonces, el chico se incorporaba, levantaba la cabeza muy orgulloso y decía algo tan sorprendente que todo el mundo se quedaba sin habla.

Bueno, todo el mundo menos Karel. Él había estado esperando a que Paul dijera algo, para añadir inmediatamente en tono mordaz: «Eso es científicamente insostenible», o «Eso no está demostrado ni puede demostrarse». O se limitaba a decir: «¡Qué tontería!».

Ula, la hermana pequeña, quería y admiraba a sus dos hermanos. No sabía cuál de ellos era más listo ni a cuál de los dos quería más.

Lo que decía Karel, el mayor de sus hermanos, era siempre convincente y nunca se podía decir nada en contra; pero también era un poco aburrido, al menos para Ula. Él estaba en lo cierto, nunca se equivocaba. Por eso, para los deberes del colegio, era mejor hablar con Karel que con

Paul. Cuando la había ayudado Karel a hacer los deberes, la profesora ponía a veces cara de desconfianza y le preguntaba si se le había ocurrido aquello a ella sola. Si Ula decía que sí, la profesora no tenía más remedio que ponerle un diez.

También las opiniones de Paul le parecían a Ula convincentes, y además eran tan divertidas que se desternillaba de risa. Pero con él no estaba segura de si lo que le explicaba era realmente lo que la profesora esperaba. Porque a veces Paul le decía cosas por las que sus amigas arrugaban la nariz, extrañadas, y la profesora le ponía malas notas.

En cierta ocasión tuvo que enumerar las diez montañas más altas del mundo. Cuando la profesora le devolvió el cuaderno tenía la cara roja de indignación. Y es que en el cuaderno de Ula ponía lo que Paul le había dicho: que la altura de las montañas cambiaba constantemente según la cantidad de nieve que caía. Si una montaña se cubre de una capa de nieve de muchos metros de altura, pasa de la noche a la mañana a ser la más alta de todo el mundo, aunque un día antes figurara entre las montañas de altura media. Eso era lo que Ula había escrito en su cuaderno.

—Eso es totalmente falso, Úrsula –le dijo la profesora–. La nieve no cuenta.

—¿Cómo? ¿Que la nieve no cuenta? –Ula estaba indignada. Pensó en Karel y le dijo tercamente a la profesora–: Eso no está científicamente demostrado ni puede demostrarse.

La clase la jaleó, y la profesora se enfadó tanto que además de ponerle una mala nota, le echó una reprimenda.

Cuando Karel hablaba en la sobremesa, sus padres le escuchaban admirados, asentían y luego resplandecían de satisfacción. Pero cuando Paul abría la boca, su madre reía a carcajadas y su padre tosía tras el pañuelo para no reventar de risa.

Ula estaba entusiasmada con sus dos hermanos: con Karel, que realmente sabía todo lo que había en el mundo y en el universo, y con Paul, que no lo sabía con tanta precisión, pero que tenía sobre todas las cosas una opinión firme e incontestable.

Un día discutían en la comida cuál era realmente la fiesta más importante. No podían ponerse de acuerdo.

Ula afirmó que la fiesta más importante era, naturalmente, el día de su cumpleaños.

Karel replicó que eso era una tontería, pues en ese caso también los cumpleaños de los otros miembros de la familia tendrían que ser la fiesta más importante, y eso sería lógicamente absurdo, pues a fin de cuentas el día de fiesta más importante solo podía ser uno.

El padre opinó que la fiesta más importante era Nochebuena. Y la madre dijo que había sido el día de su boda. Karel insistió en que la celebración más importante era la de la Fiesta Nacional y por eso no había colegio y nadie tenía que trabajar.

—Sí –añadió Paul–, y el presidente dice en la televisión que todos tienen que trabajar más o que todos deben llevarse bien.

Ula reflexionó. Lo que Paul acababa de decir le parecía obvio. También ella quería hablar de mayor en la televisión y, por eso, había decidido ser locutora de televisión, o presidenta. Cuando saliera en la tele, pondría a su lado una foto de sus padres, y al otro lado estaría Botón, su oso de peluche favorito. Todo el mundo podría verlos a ella y a Botón, y cuando ella dijera algo especialmente inteligente o importante, le daría disimuladamente a Botón un empujoncito. Entonces, Botón asentiría y diría a la cámara: «Así es exactamente».

Por último, cuando le preguntaron a Paul, el chico contestó:

—El Martes de Carnaval. La fiesta más importante es el Martes de Carnaval.

Todos se sorprendieron tanto que abrieron los ojos como platos, y Karel resopló indignado. Le preguntó a su hermano cómo había llegado a una conclusión tan disparatada. Paul se limitó a decir:

—Porque es así. El Martes de Carnaval es la fiesta más importante.

Y ocurrió lo que siempre les pasaba: no estuvieron de acuerdo con Paul, pero desde entonces el Martes de Carnaval fue siempre la fiesta más importante para toda familia. A Ula le encantaba porque a partir de aquel momento se hicieron regalos aquel día.

Cuando su amiga Marlene le dijo un día: «Llevas un vestido nuevo, a pesar de que hoy no celebras ni tu cumpleaños ni la Nochebuena», ella respondió: «Es mi regalo de Martes de Carnaval».

—¿Regalo de Martes de Carnaval? Os dan a vosotros regalos el Martes de Carnaval?

—Naturalmente. El Martes de Carnaval es la fiesta más grande.

—¿Y eso?

—Porque es así –replicó Ula, y giró de puntillas para que la falda de su vestido nuevo se ondulara con el aire.

Así que todo era maravilloso, y lo único que temía Ula era el día en que sus hermanos fueran tan mayores que abandonaran la familia y se fueran de casa.

Porque Karel quería a toda costa marcharse a América para estudiar, pues allí todo era plenamente científico y demostrable.

Y Paul soñaba con ser una estrella. Quería aprender a cantar y a hacer magia, formarse para ser acróbata y viajar luego por todo el mundo. Su nombre estaría escrito con letras grandes en los carteles anunciadores. Él cantaría y, a la vez, bailaría y actuaría como equilibrista y tragafuegos, como domador de leones y como pianista. Quería hechizar con sus actuaciones al público de todas las ciudades del mundo.

Ula era la única que no quería marcharse de la casa en toda su vida, y no podía entender cómo alguien podía abandonar a sus padres. Ella quería seguir viviendo siempre en su hogar, en aquella maravillosa casa con un precioso jardín. Y sobre todo con su madre, que era tan guapa y nunca dejaba de reír. Cuando uno de ellos hacía cualquier cosa mal, de tal modo que había motivos suficientes para llorar, mamá reía y todo volvía a estar en orden. Mamá siempre entendía todo, sabía todo y podía ayudar. Pero sobre todo reía, y cuando ninguna solución valía, su risa ya era de por sí una ayuda.

En la estantería de Ula estaba, entre sus queridos libros infantiles, el voluminoso libro de un profesor de filosofía que enseñaba en una antigua y prestigiosa universidad. Ese profesor era amigo de su madre y de su padre, e iba a verlos de vez en cuando. En esas ocasiones se sentaba con la familia en el jardín y conversaban alegremente.

El libro se titulaba precisamente *Tratado sobre la risa.* El profesor se lo había regalado a Ula porque sabía que a la niña le gustaba mucho leer. Pero ese libro solo lo había hojeado un poco. No lo entendía y, a pesar del prometedor título, le resultaba muy aburrido. Sin embargo, en la tercera página del libro aparecía en letras de imprenta el nombre de su madre. Y es que el profesor se lo había dedicado a la mamá de Ula: «Para Tinka. En recuerdo de aquello que ha sido objeto de risa, es decir, de casi todo». También Ula pensaba que su madre era efectivamente una mujer muy alegre.

La madre era directora de cine. Escribía en casa los guiones de películas que trataban de per-

sonas interesantes y bellos lugares. Luego acudían sus compañeros, se sentaban en el salón y conversaban. Y cuando todo estaba claro, empezaban el rodaje. Entonces, la madre viajaba constantemente de un lugar a otro, cosa que no gustaba nada a sus hijos. La echaban mucho de menos, aunque solo estuviera fuera de casa una semana. Pero todo era muy emocionante cuando volvía, sobre todo porque siempre les traía algo a todos, incluso a Vagabundo. Y luego les contaba todo lo que había vivido y conocido durante los viajes. Se entusiasmaba hablando de la anciana jardinera que cuidaba el que en su día había sido el jardín del escritor Goethe y cultivaba allí exactamente lo mismo que el famoso poeta había cultivado en su tiempo. O hablaba de las prospecciones petrolíferas de Siberia, adonde había ido en helicóptero. Contaba cosas de los chicos y chicas que se estaban formando como bailarines, y de los pescadores que al principio no habían querido hablar con ella pero que luego se hicieron sus amigos. Tenía amigos en todas partes, y a veces esos amigos iban a visitarla.

Así, un viernes se presentaron sin previo aviso en su casa tres empleados de aquellos yacimientos petrolíferos rusos con sus mujeres. Estaban realizando un viaje por Alemania y no quisieron desperdiciar la ocasión de hacerle una visita a su amiga alemana. Pasaron un día entero con ellos, y la familia se desvivió para atenderlos. Y cuando fueron al jardín y descubrieron las esculturas del padre, le pidieron que se fuera con ellos a Siberia. Dijeron que en su campamento se presentaba cada dos por tres una osa gigantesca que se comía sus desperdicios y aceptaba los alimentos que ellos le ofrecían, que le daban una vez al mes una botella de vodka y ella se la bebía de un trago. Querían que él les hiciera una escultura de esa osa. Aseguraron que en su país tenían todo tipo de piedras para esculpirla, y que los trabajadores de las perforaciones petrolíferas estarían siempre pendientes de él y no le faltaría de nada.

Al atardecer se presentó su guía y les echó una regañina porque habían abandonado el grupo de turistas sin avisar. Dijo que habían estado buscándolos el día entero y que todos estaban muy enfadados. Pero a la media hora la guía se había apaciguado y propuso a toda la familia que fueran a visitar la hermosa Siberia.

El padre, por el contrario, estaba todo el tiempo en casa. Pasaba la mayor parte del día en el jardín, trabajando en su obra. Porque allí tenía su taller de escultor, un antiguo lavadero en el que guardaba todas sus herramientas. Las esculturas terminadas y las piedras grandes todavía sin esculpir estaban en el jardín, entre flores y arbustos. Y cuando no nevaba ni hacía tanto frío que se veía forzado a refugiarse en el antiguo lavadero, se quedaba en mitad del jardín esculpiendo sus estatuas.

Iban a verlo muchas personas, y no solo los amigos. Con frecuencia se presentaban galeristas, o también clientes. Estos eran siempre personas importantes: hombres ricos que querían comprar una escultura para su chalé o representantes de gobiernos que buscaban una estatua para la plaza frente a un museo o a un ministerio. En esas ocasiones, el padre recorría con ellos el jardín y les mostraba sus trabajos.

Un ministro le dijo una vez:

—Esto es como el jardín de un palacio o de un castillo. Está uno sentado en la hierba, bebiendo limonada o tomando café, y a su alrededor hay verdaderas obras de arte.

—Sí -le contestó el padre-. Vivimos como los antiguos patricios romanos.

De hecho, él se pasaba todo el día deambulando por el jardín mientras conversaba con Vagabundo, esculpía los bloques de mármol que había allí y daba caladas a sus pestilentes puntas de puro.

Vagabundo era miembro de la nobleza. Incluso de la alta nobleza. Su verdadero nombre era muy largo y confirmaba su ilustre abolengo. Se llamaba Maximilian György Dorst, caballero de los Verdes Bosques. Pero no le gustaba ese nombre. Solo reaccionaba cuando lo llamaban «Vagabundo». Y realmente era un vagabundo, al menos eso decía el padre.

Vagabundo era un terrier. Concretamente, un terrier de pelo corto. Tenía los ojos bonitos y avispados y podía estar mirando atentamente durante horas. Había buscado acogida en la casa, aunque esa solo era una verdad a medias. La realidad era que lo habían comprado por mucho dinero a un criador de perros cuando era tan solo un cachorro. El padre dijo al principio que el perro era muy caro, pero Ula replicó que era precioso, y hubiera pagado por él el doble y hasta el triple.

Vagabundo vivía en el salón, en la amplia y vieja casa de muñecas que la niña había protegido con mantas. Acompañaba a todo el que salía al jardín y, naturalmente, participaba en todos los paseos.

Pero a los tres meses desapareció en pleno invierno. Ocho días antes de Navidad, no volvió después de un paseo por el jardín. Toda la familia lo buscó a pie y, más tarde, incluso en coche. Pero Vagabundo siguió sin aparecer. Ula pensaba que iba a ser la fiesta de Navidad más triste de su vida. Pero el día de Nochebuena ladró delante de la puerta, justo cuando estaban sentados a la mesa. Se levantaron de un salto, pues todos querían ser los primeros en llegar a la puerta. Y efectivamente, cuando abrieron, Vagabundo estaba delante de ellos y los miraba con sus avispados ojos. En el pelo que le rodeaba el morro tenía plumas pequeñas de gallina o de pájaro.

Como si no hubiera ocurrido nada, Vagabundo los miró con gesto de reproche; luego pasó por delante de todos, se dirigió al salón, entró en su casa de muñecas y se durmió. Se pasó durmiendo todo el día de Navidad; no obstante, la Navidad fue aquel año una fiesta especialmente alegre para todos.

Vagabundo era del padre. Era cariñoso con todos los miembros de la familia; pero en cuanto aparecía él, corría inmediatamente en su dirección y no se separaba de su lado. Cuando después del desayuno el padre decía: «Ahora vamos a trabajar otra vez, Vagabundo», salía disparado hacia la puerta de la terraza. Y, una vez abierta, corría justamente hasta el bloque de piedra en el que él estuviera trabajando en ese momento.

Antes de coger el pesado martillo y uno de sus numerosos cinceles, el padre le explicaba al perro el proceso paso a paso. Luego se miraban los dos a los ojos y el primero empezaba a esculpir.

El perro lo observaba, y cuando se aburría, correteaba por el jardín o perseguía a las mariposas durante unos minutos, para sentarse luego junto a la piedra y contemplar el trabajo.

Muchas veces el padre oía música mientras trabajaba. Siempre había una radio o un radiocasete en una silla situada junto a la piedra y sonaba música de órgano o las melodías de una gran orquesta. En otras ocasiones escuchaba programas educativos. Por la noche, durante la cena, contaba cosas de las que se había enterado, sobre Andalucía, sobre la fusión atómica o sobre la vida de Alejandro Magno.

Entonces, Karel decía:

—Pero, papá, si eso lo sabe cualquier niño.

—Sí –respondía él–, pero ¿cómo iba a saberlo yo? Yo ya no soy un niño.

No, Ula no quería vivir nunca sin su padre ni su madre, sin Karel, sin Paul y sin el maravilloso jardín.

—Nunca –decía–, jamás.

2

PERO en pleno mes de agosto, una tarde bañada de sol, la madre se puso enferma de repente, mientras toda la familia estaba en el jardín, rodeada por los bloques de piedra.

—No sé qué me pasa –dijo al intentar levantarse.

Lo dijo de una forma tan extraña que sus hijos se asustaron y, durante un momento, no fueron capaces de pronunciar una sola palabra. Karel y Paul quisieron ayudarla a incorporarse, pero ella sacudió la cabeza:

—Dejadme seguir sentada un ratito más. Enseguida se me pasará. Y no le digáis nada a papá.

Él estaba trabajando en una pieza grande; la escultura tendría como destino la plaza de la catedral de una ciudad del sur de Alemania. Se trataba de una Piedad, una escultura de tres metros de altura, de la Virgen María con Jesús, bajado de la cruz, en sus rodillas. En realidad, la estatua llevaba terminada mucho tiempo. Pero el padre siempre encontraba en ella algo por hacer. La madre le había dicho un día que la estatua habría estado ya en la plaza de la catedral si él no se hubiera enamorado de la imagen de la mujer con el hijo muerto en los brazos.

Al cabo de unos minutos, la madre volvió a intentar levantarse en vano, y Ula llamó a su padre. Él llevó inmediatamente a su mujer al coche y fue con ella al hospital. Un médico dijo que quería examinarla detenidamente y, por eso, tenía que quedarse unos días allí.

El resto de la familia iba todos los días a verla. Se sentaban desolados alrededor de su cama y ella tenía que consolarlos.

—¿Qué os pasa? –decía–. ¿Me he perdido algo? ¿Acaso estoy muerta?

Una semana después, el padre fue al salón, donde estaban sus hijos, y les dijo que acababa de hablar por teléfono con el hospital. Y que a la mañana siguiente llevaría a la madre a casa.

—¿Entonces es que está bien? –preguntó Ula, y miró angustiada a su padre.

—Acercaos –dijo él, y cogió a los tres hijos entre sus brazos y apretó las cabezas contra su pecho.

—No –dijo luego–, no está bien. Y nunca se pondrá bien otra vez.

Fue él solo al hospital. Les pidió a sus hijos que se quedaran en casa. Dijo que aún tenía que hablar con los médicos y que eso seguramente le llevaría mucho tiempo.

Cuando el coche llegó finalmente a casa, la madre les sonrió por la ventanilla. No pudo apearse. Tuvieron que esperar hasta que el padre rodeó el coche, abrió la puerta y la llevó a su habitación.

Estaba tan débil que apenas podía dar unos pasos y tenía que pasarse el día entero tumbada en la cama. Y era casi incapaz de comer. Cuando se tomaba dos cucharadas de puré, quedaba tan exhausta que se dormía agotada. Estaba dormida todo el tiempo.

Empezó una época difícil. Todos se deslizaban de puntillas por la casa y ninguno tenía ganas de reír como antes.

Los niños iban a verla a su habitación dos veces al día y no se quedaban más que unos minutos. Así lo habían acordado con su padre, pues la madre estaba tan débil que incluso esas breves visitas la agotaban. Ella se alegraba mucho cuando uno de sus hijos se sentaba a su lado; pero después de unas frases le costaba esfuerzo tener los ojos abiertos.

Cuando iban a la habitación, todos procuraban

parecer muy alegres y decían palabras que apenas creían: «Ponte pronto buena, mamá». O «Los médicos te curarán».

Ella asentía, luego sonreía, y a todos les costaba un gran esfuerzo no romper a llorar.

—¿Te vas a poner buena otra vez? –le preguntó Ula un día.

—No lo sé, Ula, no lo sé. Esto no tiene buen cariz.

—¿Y qué significa eso?

—Es posible que me muera, mi pequeña. Que me muera muy pronto y os tenga que abandonar para siempre.

—No puedes hacer eso, mamá. Yo te necesito.

—Lo sé, Ula. Y yo te necesito a ti. Pero estoy muy cansada.

—Hay muchos médicos y muchas medicinas. Tiene que haber alguien que te alivie. Tiene que haber algo.

—Creo que para mí ya no hay ninguna medicina. Pero, Ula, piensa que no soy yo la única que te necesita: también papá y Karel y Paul te necesitan. Si muero yo, tendrás que ser valiente. Tendrás que ayudar a los tres hombres. Tendrás que sustituirme.

—Pero yo no soy una madre. Yo te necesito a ti.

—Sí, lo sé, Ula. Y me gustaría quedarme contigo. Daría cualquier cosa por eso. Pero creo que me iré para siempre y os tendré que abandonar. En cualquier caso, quiero que sepas una cosa, Ula: soy muy feliz de haber podido conocerte. Abrázame, mi pequeña.

—No puedes irte.

—Yo tampoco quiero, Ula. Pero...

Y entonces se le cerraron los ojos. Todavía extendió la mano para acariciar a su hija, pero se adormeció antes de alcanzar el brazo de Ula.

Ula salió precipitadamente y corrió a su habitación. Se tiró sobre la cama y lloró y lloró y lloró. Karel fue a verla. Se sentó junto a ella sin decir una palabra. Los dos hermanos lloraron juntos. Luego, Karel se levantó y dijo:

—¡Mierda, Ula! ¡Qué mierda! –y salió de la habitación.

3

UN viernes del mes de enero el padre entró muy temprano en la habitación de Ula, se sentó a su lado en la cama, la abrazó y le dijo:

—Mamá se ha marchado está noche.

—¿Adónde? -preguntó Ula–. ¿Adónde se ha marchado? Si no puede andar.

Pero luego miró a su padre y comprendió. Estuvieron mucho rato abrazados y lloraron los dos.

Fueron juntos a despertar a Karel y Paul, y les dijeron que su madre los había dejado para siempre.

Los tres hermanos quisieron ver a su madre una vez más para darle un beso y acariciarla; pero el padre no se lo permitió.

—Ya se ha ido -les dijo–. Ya no está en su cama. La que yace allí ya no es mamá.

Fue un día terrible. Todos lo pasaron en sus respectivas habitaciones. Su padre fue a verlos una y otra vez y les llevó cacao y bocadillos, pero nadie pudo comer nada.

El padre hizo muchas llamadas telefónicas. A las nueve de la mañana llegó el médico. Les dio la mano a todos y les dijo que lo sentía mucho. Luego fue al dormitorio. Tenía que examinar el cuerpo de la madre para redactar el certificado de defunción. Una vez que se marchó, el padre les pidió a los niños que fueran al salón.

—Se van a llevar a mamá –dijo cuando estuvieron sentados alrededor de la mesa. Luego rectificó–: al cadáver de mamá, quiero decir.

Ula rompió a sollozar.

—Yo no quería –dijo el padre–. Creía que podía quedarse en casa una noche más. Pero el doctor me ha dicho que no está permitido. Hay que llevarla hoy mismo a un tanatorio. Así está legislado.

—Entonces, yo quiero verla –exigió Paul; pero su padre sacudió la cabeza y dijo:

—No, por favor. En vuestra memoria debe estar viva y no muerta.

No se miraron. Todos tenían los ojos fijos en la mesa y luchaban con las lágrimas.

Por la tarde llegó un coche negro. Entraron en casa dos hombres. Fueron al dormitorio con el padre. A los pocos minutos salieron de la habitación con una camilla en la que se hallaba tapado el cadáver. Dejaron la camilla en el vestíbulo y preguntaron si querían verla por última vez. El padre miró a Karel, a Paul y a Ula. Ninguno dijo nada y él sacudió la cabeza. Los hombres salieron con la camilla y, luego, partió el coche negro. Ellos estaban de pie junto a la ventana y siguieron mucho tiempo al coche con la mirada, y allí se quedaron incluso cuando ya hacía rato que había desaparecido de su vista.

—Ahora tenéis que ayudarme –dijo su padre–. Hay que hacer muchas llamadas telefónicas y escribir muchas cartas. Tenemos que informar a todos.

Pasaron toda la tarde en el salón y escribieron cartas tristes a los parientes y a los amigos.

Dos días más tarde, Ula, su padre y sus hermanos miraban fotos de la familia, sentados en el salón, cuando de repente se oyó un fuerte estallido en la casa. Se asustaron mucho. Sonó como si a su madre se le hubiera caído un plato en la cocina y se hubiera roto en mil pedazos.

Fueron todos corriendo a la cocina; pero allí no había nada, ni un plato roto ni su madre. Sin embargo, luego miraron en el cuarto de baño y vieron en el suelo el espejo de maquillaje de su madre. Se había caído de la pared y se había hecho añicos, a pesar de que ninguno de ellos había estado en el cuarto de baño.

A Ula siempre le había gustado aquel espcjo porque, como era curvo y aumentaba mucho, era genial para hacer muecas divertidas. Pero ahora estaba en el suelo. Aquello les resultó un poco inquietante y el padre recogió cuidadosamente los vidrios rotos.

Por la tarde, Marlene, la amiga del colegio de Ula, fue a visitarla. Cuando le abrió la puerta, Ula se dio cuenta enseguida de que Marlene sabía lo que había ocurrido.

—Solo he venido a traerte los deberes -dijo la niña, mirándola muy asustada.

—Muy amable de tu parte. Entra -dijo Ula.

Fueron en silencio a la habitación. Luego se abrazaron y lloraron juntas.

—Cuando me imagino que mi mamá se está muriendo... -dijo Marlene, pero luego se detuvo, y las dos sollozaron.

—¿Qué vas a hacer ahora? ¿Cómo van a seguir las cosas?

—No lo sé.

—¿Volverás al colegio?

—Naturalmente. En cuanto pueda -dijo Ula.

Marlene asintió.

—¿Y tú qué tal estás? -le preguntó Ula.

—Pienso en ti todo el rato y me dan ganas de llorar.

—¿Vendrás al entierro de mamá?

—Claro. También mis padres quieren ir. Todos quieren ir.

Cuando se despidieron una hora más tarde, Ula acompañó a su amiga hasta la puerta de la casa. Sobre los deberes no habían hablado ni una sola palabra.

Una semana más tarde fue el entierro. Asistió mucha gente, muchísima. Dejaron tantas flores sobre la tumba que se formó una gigantesca montaña multicolor. El sepulcro era muy bonito. Pero todos los que lo contemplaban estaban tristes. Debajo de esa montaña de flores se hallaba la caja de madera que seis hombres habían introducido con cuerdas en el hoyo excavado. Y en la caja se encontraba ahora su madre, aquella hermosa mujer que siempre había reído tanto. Pero ahora estaba fría y muda, y jamás volvería a reír. Ula no podía entenderlo. Habían acudido casi todos sus familiares, y todos querían hablar de ella con su padre y con Karel, Paul y Ula. Eso fue lo peor, pues ninguno de los cuatro tenía fuerzas para hablar constantemente de ella con cualquiera.

—Marchaos ya –les dijo su padre cuando se

dio cuenta de que estaban luchando incesantemente con las lágrimas–. Marchaos ya y poned agua a calentar. Y también podéis ir partiendo el bizcocho.

Cuando llegaron todos del cementerio a casa, tomaron té y bizcocho. Algunos parientes que habían llegado desde muy lejos decidieron pasar la noche en la casa, y Ula y sus hermanos tuvieron mucho trabajo. Les ayudó la señora Tewel, que era su vecina, y también Marlene acudió para echarle una mano a Ula.

El padre les puso una de las películas de la madre, un documental sobre una pintora. En el salón, lleno de gente, reinaba un silencio sepulcral mientras se oía una vez más la voz de la madre. Ula cerró los ojos. Imaginó su figura y sonrió.

Cuando terminó la película, la gente tardó unos minutos en reanudar las conversaciones.

4

A partir de aquel día, en casa todo fue distinto. Jamás se volvieron a comer los sabrosos platos que preparaba la madre, pues ahora era el padre quien guisaba.

Dos veces a la semana había espaguetis con salsa de tomate, que en realidad era el plato preferido de Ula. Pero al cabo de algunas semanas no podía ni olerlos, y mucho menos comerlos.

Los demás días el padre hacía verduras para todos, o freía un filete, que completaba con una rebanada de pan. A eso le llamaba «comida francesa», pero Paul comentó un día que él no creía que en Francia comieran de manera tan penosa.

Además, al padre siempre se le olvidaba algo cuando guisaba. Unas veces no echaba sal o alguna especia. Otras ponía patatas, pero no caía en la cuenta de poner agua en la olla.

Un día estaban los cuatro en el salón jugando a las cartas mientras esperaban a que terminara de hacerse la comida. De repente, Paul dijo:

—Huele un poco raro.

Su hermano Karel levantó la cabeza y afirmó:

—La frase no es correcta ni suficientemente precisa. No huele, apesta.

—¡La coliflor! -exclamó el padre, y todos corrieron a la cocina.

Fue a levantar la tapadera de la olla, pero se quemó los dedos. Karel cogió un trapo de cocina y levantó la tapadera. Cuando la apartó, se abrieron durante dos segundos los pequeños capullos de la coliflor. Emitieron un resplandor rojo y brillaron más hermosos que la más hermosa de las flores. Y con la misma rapidez se tornaron grises e insignificantes y quedaron reducidos a ceniza.

—¡Maravilloso! -exclamó Ula-. ¡Qué flores más bonitas! Como las de la sepultura de mamá.

—Sí -dijo papá, y clavó los ojos en la ceniza-, como pintadas -y luego añadió-: Mamá era muy guapa, ¿no es cierto?

Paul dijo únicamente:

—Por eso se llama coliflor: porque le salen esos brotes tan hermosos...

—Tonterías -dijo Karel-. Con la olla tapada se ha producido un vacío, y la col no ha recibido nada de oxígeno. Cuando he apartado la tapadera ha habido una fuerte y rápida oxidación. Eso ha sido todo.

—No obstante, ha sido bonito –replicó Ula–. Solo que ahora nos hemos quedado sin comida.

Y luego se pasaron el día entero limpiando la cocina, pues todos los armarios, los cristales de la ventana y las paredes estaban cubiertos de una asquerosa capa grasienta.

Sí, todo era distinto.

Cuando Ula preguntaba a su padre si su falda de tablas pegaba más con los zapatos rojos o con las sandalias con lazos de cuero, él podía pasarse varios minutos con los ojos clavados en los zapatos, rascarse la cabeza y no decir nada. Y cuando Ula repetía impaciente su pregunta porque creía que se le había olvidado, podía ocurrir que él la mirara perplejo y le dijera: «Pregúntale a mamá».

Ella le miraba a la cara, asustada, y llegaba a pensar que podía tratarse de una broma inoportuna. Pero también el padre se asustaba de sus propias palabras. Se le ensombrecían los ojos, y luego se abrazaban los dos.

Lo peor era cuando Ula se iba a la cama por las noches.

Ahora iba a su habitación él en vez de su madre, se sentaba en el borde de la cama y le leía algo. Por mucho que su padre se esforzara, todo era más bonito en los tiempos de su madre. En la voz de su padre sonaban tristes las historias más divertidas. A pesar de que el cuento terminara bien, si lo leía su padre a Ula le entraban ganas de llorar. Y una vez que él le había dado el beso de buenas noches y había apagado la luz, Ula lloraba efectivamente, pues por las noches era cuando más echaba de menos a su madre.

Una noche, Paul fue a la habitación de Ula y se tumbó a su lado en la cama cuando ya hacía mucho rato que se había marchado su padre y Ula no dejaba de pensar en su madre y de llorar. Hubo un momento en que Ula trató de llorar en silencio; pero lo único que consiguió fue sufrir un violento ataque de hipo y romper a llorar más fuerte todavía.

Paul le acarició las mejillas y luego le dijo:

—Deja de sollozar, Ula. Ya no eres un bebé. Es una tontería que llores. Una gran tontería. Mamá se ha ido lejos de nosotros. Eso es triste, pero no por ello hay que llorar todo el rato.

—Yo no quiero que mamá esté lejos de nosotros -dijo Ula, y las lágrimas bañaron su rostro de nuevo–. Y tampoco entiendo que no vaya a volver nunca. Yo sé que ha muerto, pero no lo entiendo.

—Yo tampoco puedo entenderlo –le dijo su hermano.

—Sabes, si ahora mismo sonara el timbre y mamá estuviera delante de la puerta, no me sorprendería lo más mínimo. Yo sé que ha muerto, pero para mí no está muerta. ¿Comprendes?

—A mí me pasa lo mismo –dijo Paul–. Si entrara ahora en la habitación, yo solo diría: «Hola, mamá. Creía que estabas muerta». Y mamá diría: «No digas semejante tontería, Paul».

Ula lloró y rió al mismo tiempo.

—Pero no entra. Yo tengo siempre los ojos fijos en la puerta. Pero ella no viene.

—Sí, mamá se ha ido a otro mundo –dijo Paul–. A un mundo que nadie conoce. Quizá está ahora en otro país, el paraíso como dicen algunos. O la nada como opinan otros. Algo así como el universo. Debe de ser un espacio infinito en el que los planetas giran y hacen que suene la música de las esferas, que nosotros no podemos oír, al menos por ahora. Pero mamá sí puede oírla, y la abuela y el abuelo, y todos los demás que ya se han ido allí. El lugar donde se encuentran ahora, sea el que fuere, tiene que ser maravilloso, Ula, pues todavía no ha vuelto nadie de allí.

—Pero ¿por qué no vuelve mamá, si nos quiere? Y si se está tan bien allí, ¿por qué se queda allí y nos deja a nosotros solos aquí? ¿Por qué nos ha abandonado, Paul?

—Ella no quería, Ula. No se ha marchado lejos de nosotros voluntariamente, ya lo sabes. Entenderlo, tampoco yo lo entiendo del todo. Pero en cualquier caso no la has perdido. Solo tienes que pensar en mamá, así la verás y podrás hablar con ella. Si no sabes qué zapatos ponerte, piensa en ella y oirás inmediatamente qué te dice. O, mejor, qué te diría. Porque tú conoces a mamá. Y sabes perfectamente qué te aconsejaría. De modo que no te pongas así. Habla sencillamente con ella y la oirás. Créeme, Ula. Inténtalo.

—Ya lo sé –le dijo su hermana pequeña, y sollozó con más fuerza todavía–. Pero mamá ya no está aquí. Y jamás volveré a verla.

—Eso es más tonto todavía. ¿Recuerdas que un día estábamos comprando con mamá en el supermercado y te perdimos? Tú te quedaste donde los osos de peluche y de repente te perdimos de vista. Mamá se puso muy nerviosa. Recorrimos las filas de estantes una y otra vez. Tú estabas en un rincón y llorabas. Las personas que te rodeaban trataban de consolarte, pero tú solo veías caras extrañas y llorabas con más fuerza todavía. Entonces llenaste la tienda entera con tu llanto. Cuando al fin te encontramos, toda la gente se rió. Pero tú eras aún pequeña, solo tenías cinco años. Hiciste una tontería llorando, nos encontraste otra vez, como es natural. O, más bien, nosotros te encontramos a ti. Fue una tontería, pero aún eras pequeña. Y ahora es lo mismo que entonces en el supermercado, pero tú eres una chica mayor y, por eso, debes dejar de llorar. Mamá se ha ido, y nosotros tenemos la sensación de que se nos cae el cielo encima y de que nuestra casa se marchita de la noche a la mañana. Pero eso son tonterías. Mamá solamente se ha adelantado y, lo quieras o no, nosotros seguiremos sus pasos. No debemos acongojarnos y andar por ahí sollozando. Tú tienes que hacerte mayor, aprender un montón y hacer cosas hermosas para que mamá pueda estar orgullosa de ti. A lo mejor nos ve a ti y a mí, y a papá y a Karel, y a Botón y a Vagabundo. Pero lo que es seguro es que nos está esperando. Y cuando te reúnas con ella y te pregunte qué has hecho, ¿qué piensas decirle? ¿Que no has hecho otra cosa que andar por ahí llorando? Bueno, tú sabes perfectamente qué respondería a eso mamá. «No te comportes de esa forma, Ula», diría. «La vida es así. De modo que no llores más.»

—Pero papá también llora.

—Efectivamente. Es que papá también es tonto.

—Y tú también lloras, Paul. Te he visto.

—En primer lugar, eso no es verdad. Y en segundo lugar, hasta yo soy algo tonto algunas veces. Bueno, y ahora duérmete. Y si piensas en mamá, ríe y no llores. Mamá no era una persona triste, ¿o sí?

Luego se levantó, le dio un golpecito cariñoso en el hombro y se fue a su habitación.

A la mañana siguiente, durante el desayuno, Ula contó en la mesa lo que Paul le había dicho y que era muy tonto llorar. Y añadió que desde entonces no había llorado nada en absoluto.

Papá la escuchó, luego miró a Paul y pensó que su inteligente hijo tenía razón.

Y ni el mismo Karel contradijo a su hermano, a pesar de que probablemente nada de aquello estaba científicamente demostrado ni podía demostrarse.

5

Un domingo el padre le pidió a Ula que fuera a su dormitorio. Se hallaba de pie delante del armario ropero, que estaba abierto, y le preguntó qué debían hacer con las cosas de la madre.

—Conservarlas -declaró Ula.

—Sí, pero ¿para qué? Ya no las necesitamos.

—Son cosas de mamá -dijo Ula, indignada-. No puedes dárselas a cualquiera sin más. Tampoco nosotros podemos vender cosas tuyas a tus espaldas.

Papá se limitó a asentir, pero no estaba de acuerdo con su hija. Por la tarde habló sobre ese asunto con todos sus hijos. Y Karel y Paul convencieron a Ula de que lo mejor era deshacerse de la ropa de mamá.

—Tú puedes escoger algo. Quédate lo que quieras -dijo Paul-. Pero si abro el armario y solo veo en él cosas de mamá, no me va a gustar. De algún modo, siempre voy a pensar que enseguida va entrar ella en la habitación para cambiarse.

Invitaron a las tías de Ula, que acudieron y eligieron unas cuantas cosas: un traje de chaqueta y un abrigo, un par de bolsos y las botas de invierno.

Karel buscó en el periódico y encontró un anuncio de una tienda de ropa usada. Llamaron y, cuando vino un hombre a recoger la ropa, el padre sacó del armario los vestidos de la madre y los fue poniendo sobre la cama de matrimonio.

Cuando sacó el vestido negro con lentejuelas, Ula dio un gritó y se lo quitó de las manos.

—¡No, este vestido no puedes venderlo! Era el preferido de mamá.

—Ya lo sé –dijo su padre–, pero ¿qué vamos a hacer ahora con él?

—Guardarlo. Este vestido, y el rojo, y el de la playa. Esos no los vendemos –afirmó Ula.

—Como quieras –asintió el chamarilero–. Me llevo todo menos esos tres vestidos.

—¿Qué quieres hacer con ellos? –preguntó papá.

—Guardarlos, para más adelante. Me los pondré cuando sea mayor.

—Cuando seas mayor se habrán pasado de moda mil veces –suspiró Karel.

—¿Pasarse de moda? ¿Qué dices? Son vestidos de mamá. Nunca se pasarán de moda.

El chamarilero metió los restantes vestidos en dos bolsas grandes de plástico y preguntó si había más cosas en venta, muebles antiguos valiosos o joyas. Papá sacudió la cabeza.

—Mala suerte. Entonces hablemos de negocios.

Sacó el billetero, se rascó la cabeza, reflexionó y, luego extrajo un billete.

—Veinte. ¿De acuerdo?

—¿Solamente veinte euros? ¿Por tantos vestidos?

—Sé que es poco. Y me imagino cuánto pagó usted en su día por ellos. Pero yo tengo que vender todo, y no me darán mucho más. Si a usted le parece poco, muy bien. Lo comprendo. Pero entonces tendrá que vendérselos a otro.

El padre suspiró y ya estaba dispuesto a aceptar. Pero entonces intervino Paul:

—Dejémoslo en cuarenta. Porque somos cuatro personas y cuarenta se divide mejor entre cuatro.

El chamarilero sonrió.

—También veinte se divide perfectamente entre cuatro. Pero de acuerdo.

Metió nuevamente la mano en el billetero y sacó otro billete. Aquella familia utilizaría el dinero para una buena causa, seguro.

Cuando por fin salió de la casa, ninguno dijo

una sola palabra. Ula cogió los tres vestidos que había salvado y los colgó en su armario.

Una hora más tarde, el padre fue a la habitación de su hija. Llevaba el collar de perlas de la madre.

—Las joyas de mamá no las vendo –dijo–. Las guardaré yo. Seguirán en su joyero, y cuando seas mayor las llevarás tú.

Ula asintió. Pero no pudo sonreír, aunque siempre había envidiado a mamá por sus joyas.

—El collar de perlas es tuyo desde ahora mismo –prosiguió papá–, pero no debes llevarlo al colegio ni cuando juegues. Es demasiado valioso para eso.

Ula lo comprendió. Él le preguntó si quería que le pusiera el collar. Ella se apartó el pelo, pero luego sacudió la cabeza.

—No, no puedo llevarlo todavía. Aún sigue siendo el collar de mamá.

—Eso no es exacto –le replicó su padre–. Es de ella y tuyo. Ahora tenéis en común un collar.

Le puso las perlas en la mano. Ula las acarició con los dedos. Las perlas brillaban nacaradas. A Ula le encantaban cuando las llevaba su madre, pero ahora no tenía ganas de ponérselas. Ni ella misma se entendía.

6

AHORA, los sábados y los domingos siempre acudía alguno de los parientes para guisarles algo de comida: la tía Kerstin y la tía Gabriele, y también la tía Andrea, que también formaba parte de la familia, aunque ninguno sabía por qué. Y dos veces acudió Heiner. Era un experto cocinero y en cuatro horas hizo comida para una semana, que luego metió en el congelador. Todos les llevaban alimentos, y Karel solo tenía que comprar patatas y arroz. Todo lo que guisaban estaba muy bueno. Heiner hasta había preparado un postre distinto para cada día de la semana.

Un día la tía Kerstin les preparó la comida, luego se marchó y, cuando la familia ya estaba sentada alrededor de la mesa, Paul dijo:

—Magnífico. Todo de primera.

Lo dijo en un tono tan triste que su padre le miró sorprendido.

—¿Qué te pasa, muchacho? Realmente está muy bueno.

—Sí. Probablemente sabe muy bien. Pero a mí no me gusta.

—¿Qué es lo que no te gusta? ¿La comida?

—Me temo que me está saliendo una calva aquí detrás.

Paul se volvió y señaló su cogote. Todos miraron a donde apuntaba con el dedo, pero no pudieron descubrir nada extraño.

—Te equivocas, Paul. Todo está normal.

—No, no hay nada normal. Ni puede haberlo. Todos me dicen: «Pobre Paul», y luego me pasan la mano por la cabeza. Yo ya sé que mamá ha muerto. ¿Por qué tiene que decírmelo todo el mundo?

—Ah, bueno –dijo el padre–. Es que nos compadecen.

—Yo no quiero que me compadezcan. No necesito su compasión. Pueden guardársela para ellos mismos.

—Paul tiene razón –intervino Ula–. Todos nos miran como si quisieran echarse inmediatamente a llorar. Y yo no quiero estar hablando constantemente de mamá con todo el mundo.

—Pero lo hacen con buena intención.

—Sí. Pero tanta consideración es realmente una desconsideración –dijo Paul.

Ula asintió enfáticamente:

—A fin de cuentas, mamá no era una mujer triste.

—¿Te pasa a ti lo mismo? –le preguntó el padre a su hijo mayor.

Karel guardó silencio y clavó la mirada en el plato que tenía delante.

—¿Karel? –dijo él, preocupado, al ver que su hijo seguía sentado a la mesa en silencio y no miraba a nadie.

—Bueno –dijo finalmente Karel–, en cierto modo, también a mí me resulta desagradable. Yo preferiría que nos dejaran en paz. Porque no estamos solos: a fin de cuentas somos cuatro. Y esos gestos de condolencia no ayudan a nadie. Anteayer me pasé toda la mañana trabajando en un nuevo invento. Si todo sale bien, lo registraré en la oficina de patentes. Se trata de un armario de cocina que se limpia solo y lava todo lo que hay dentro de él. Después de la comida se vuelve a meter sin más la vajilla en el armario, se aprieta un botón que pone en marcha el programa, y a los cinco minutos está todo limpio. La vajilla queda, incluso, esterilizada, cosa que no se consigue del todo solo con agua caliente. Y yo estaba a punto de dar con la solución cuando ha sonado el timbre y ha llegado la tía Kerstin, y se ha ido todo a pique. Ha estado todo el rato hablando de mamá y yo no he podido pensar en ninguna otra cosa durante el resto de la mañana. No, eso no ayuda.

—Pero lo hacen con buena intención.

—Sí, lo hacen con buena intención –rezongó Karel–. Pero tener buena intención no tiene nada que ver con acertar. Y eso lo puedo demostrar.

—Antes, Heiner contaba historias divertidas sobre las cosas que ocurren en su restaurante y sobre lo extravagantes que son los tipos que pasan por allí. Ahora, en cambio, ya no nos cuenta nada. A mí me ha dicho ya tres veces que piensa muy a menudo en nosotros y que siempre se acuerda de mamá. Yo no sé qué debo contestar a eso. Algún día le voy a llamar «tío Heiner», aunque no le gusta. Pero es que se comporta como un tío.

—¿Y las comidas que nos preparan?

—Tus espaguetis habituales están más sabrosos, papá –dijo Ula–. Yo prefiero tus guisos, aunque a veces no tengan sal o la coliflor se queme un poco.

El padre arrugó la cara y pareció un poco ofendido.

—Pero mis guisos son mejores cada día, ¿no os parece? –preguntó, pero ninguno de sus hijos respondió.

—Bueno, está bien –dijo finalmente–. Hablaré con ellos, pero dejad que lo haga yo. Porque no queremos herirlos. Les diré sencillamente que ya no necesitamos ayuda.

—Sí –dijo Ula–, y yo puedo ayudarte. Porque cuando guisaba mamá, yo estaba siempre allí mirando lo que hacía. Sé qué hay que hacer cuando se quiere hervir algo. Y también conozco la diferencia que hay entre espolvorear y echar una pizca de sal.

—Y también sabes muy bien lo que es ponerte morada –añadió Paul.

—Eso no es ponerse morada. Cuando se guisa hay que probar. Eso lo hacía siempre mamá. Y no tiene nada que ver con ponerse morada.

—Es posible que papá no pruebe lo suficiente. Y tal vez por eso sus comidas sean un tanto insípidas –sugirió Karel.

—Es posible –dijo papá–. En ese caso, a mis años, tendré que habituarme a hacerlo. Pero pienso que a eso podéis ayudarme eficazmente vosotros tres. Cada día que pasa me enseñáis más cosas.

7

En abril pusieron la lápida. Era una piedra poco común, extraña: un mármol triangular en el que solo figuraban el nombre de la madre, el año de su nacimiento y el de su muerte. Nada más. El padre había hablado de eso con sus hijos, y todos habían optado por no poner ninguna frase más. Que la habían querido y la echaban mucho de menos era algo que no había que proclamar con letras mayúsculas. Al fin y al cabo, una lápida no es un altavoz. Y a su parecer tampoco debía figurar en la lápida la forma en que había vivido y lo que había hecho.

Ula quería que pusieran una foto, como había visto en los cementerios de Italia durante las vacaciones. Pero Paul dijo que entonces él tendría ganas de llorar siempre que viera la sepultura y que ya habían llorado bastante todos los miembros de la familia, de modo que el cupo de llanto ya estaba cubierto para los próximos años. Por fin acordaron poner la losa sencilla y sin adornos que el padre tenía en el jardín. Como es natural, la preparó él mismo y solo para la inscripción recurrió a la ayuda de su amigo Carlo, que era cantero y hacía lápidas sepulcrales y, por eso, sabía mejor que él cómo se hacía una inscripción en una piedra.

El túmulo estaba cubierto con una planta de hojas pequeñas. La habían plantado los tres hermanos. En el centro de la tumba había un minúsculo ciprés, que le llegaba a Ula solo hasta el ombligo. Y la losa se asentaba sobre un firme pedestal que estaba profundamente metido en la tierra. La piedra pulida brillaba a la luz del sol.

Los cuatro iban a menudo a visitar la tumba, juntos o por separado. El padre solía hacerlo en el coche, por las mañanas antes de despertar a los niños, a veces incluso antes de la salida del sol. Y los domingos daban todos juntos un paseo, acompañados por Vagabundo. Y fueran a donde fueran o visitaran lo que visitaran, siempre pasaban por la tumba de la madre.

—A mí me gusta estar aquí –decía Ula–. ¿No es extraño? Porque mamá realmente no está aquí, ¿verdad?

—Claro –decía Karel–. El sepulcro no es más que un símbolo.

—Eso no lo entiendo. ¿Qué clase de símbolo?

—Aquí en la tumba no hay más que un cadáver. Eso no es mamá –le explicó su padre–. En este punto tienes toda la razón, Ula. El sepulcro no es más que un símbolo. Y no lo es para ella. Mamá ya no necesita absolutamente nada, al menos nada que nosotros podamos darle aquí en la tierra. El sepulcro es para nosotros, para ti, para Karel, para Paul y para mí, y para todos nuestros amigos. Nosotros necesitamos un lugar para nuestro duelo. Solo para eso tenemos el sepulcro. Porque lo necesitamos. Porque aquí tenemos la sensación de estar cerca de ella. Es verdad que no es exacto ni es lógico, como tu hermano seguramente puede demostrar científicamente, pues mamá está en todas partes igual de cerca e igual de lejos de nosotros. Pero para nosotros es bueno tener este lugar. A mí me gusta estar aquí. Cuando vengo aquí antes del trabajo, puedo trabajar mucho mejor el día entero. Entonces siento exactamente lo que exige de mí la piedra en la que trabajo y dónde tengo que aplicar la herramienta. Cuando he estado antes en su tumba puedo trabajar más fácilmente, con más calma y más seguridad.

—A mí me pasa lo mismo –dijo Paul–. Basta con que piense en ella para que todo me salga mejor.

—¿Y tú tienes también la misma sensación? -le preguntó Ula a su hermano Karel.

Pero Karel siguió con la cabeza baja, jadeó y no contestó. Se inclino sobre Vagabundo y lo acarició.

—No, yo no me siento mejor aquí -dijo finalmente-. Ni aquí ni en ningún otro sitio.

Permanecieron de pie delante de la sepultura unos minutos. Papá colocó bien unas cuantas flores, y Paul dejó encima de la tumba un canto rodado que había llevado.

—Esto es más bonito que las flores -dijo.

Papá cogió del hombro a Karel para que se irguiera.

—Vamos, hijo. Tienes que ayudarme en casa a trabajar una piedra. Quiero que elimines una arista a golpe de martillo y cincel. Ya eres lo bastante fuerte y lo bastante mayor para eso. He señalado el lugar exacto con rotulador negro.

—Pero, papá, yo no soy un artista.

—Ni yo tampoco. Yo soy un simple artesano que sabe un poco de piedras y puede manejar martillos y cinceles. Eso es lo único que sé. En realidad es muy sencillo, Karel. Solo tienes que mirar atentamente una piedra durante el tiempo suficiente y escucharla. Así llegas a saber qué quiere la piedra y qué debes hacer. Cualquier

otra cosa es imposible, no la permite la piedra. En ese caso se burla de ti y se rompe. Y entonces, aunque te hayas pasado medio año trabajando en ella, será todo inútil. ¿No es cierto, Vagabundo?

Vagabundo asintió con un ladrido y, como siempre, salió del cementerio detrás de ellos.

8

DESDE la muerte de la madre tenían muchas visitas. No solo pasaban a verlos los familiares, sino también muchos amigos. Y acudían personas que no habían visto desde hacía un montón de tiempo.

Un día fue a verlos una tal señora Keil, que hasta entonces jamás había estado en la casa. Les dijo a los niños que había estudiado con su padre en la escuela de bellas artes.

Ambos pasearon por el jardín. Él le mostró sus bloques de piedra y le habló de su trabajo. Luego, ella se quedó a cenar y les preguntó a los niños por el colegio y cómo se arreglaban ahora.

Después de la cena, el padre se sentó con ella en el salón y se bebieron juntos una copa de vino.

Después de la tercera visita, Ula comenzó a preocuparse. Le preguntó a Karel qué pensaba de la señora Keil, y este opinó que era muy simpática, y dijo que su padre apreciaba mucho sus trabajos.

—¿Y qué más? –preguntó la niña.

—¿Qué más? ¿Qué más puede haber?

—Viene demasiadas veces a nuestra casa. ¿No te parece?

—Tal vez. No me había dado cuenta hasta ahora. Pero tampoco me molesta. Ya ves que tengo trabajo, Ula. Mira cómo trabaja el ordenador. Le he puesto hace veinte minutos una tarea que no tiene solución y todavía sigue haciendo operaciones. Tengo ganas de saber cuándo se dará cuenta de que es imposible.

Ula echó un vistazo al ordenador de Karel, puso los ojos en blanco y fue a ver a Paul para preguntarle también por la señora Keil.

—No te quepa la menor duda –dijo Paul–. Esa está tramando algo, se ve a la legua. Tenemos que estar atentos para que la señora Keil no se meta a presión en nuestra familia. Esperemos que papá se mantenga firme. ¿O la quieres como nueva mamá?

—Yo no necesito una nueva mamá. Ya tengo una, aunque esté muerta. Y de esa señora Keil puedo prescindir perfectamente. Es cierto que es simpática y que a papá le gusta conversar con ella, pero yo no la necesito para nada.

—Podemos enfadarla tanto que le dé un ataque de rabia. Y a lo mejor tenemos suerte y la sacamos de sus casillas hasta el punto de que nos dé una bofetada a uno de nosotros. En ese caso estaría resuelto el problema de una vez por todas.

—¿Una bofetada? Yo no quiero que me den una bofetada.

—O podríamos hablar con papá. Podríamos hacerle ver las intenciones de la señora Keil, no creo que haya notado nada.

—Seguro que no. Papá es tan poco práctico como Karel.

—Pero no sé si eso servirá de algo –dijo Paul–. Tal vez sería mejor que estuviéramos calladitos.

—¿Estarnos callados? ¿Solo estarnos callados? Yo no quiero quedarme callada.

—Entiéndeme: callados del todo. No le decimos nada cuando llegue, ni siquiera buenos días. ¿Serás capaz de eso, Ula?

—¿De no darle los buenos días a la Keil? No hay nada que me ilusione más que eso.

Y así la señora Keil se encontró en la siguiente visita con una cuadrilla de niños descortésmente silenciosos que ni la saludaron ni contestaron a sus amables preguntas. También Karel se quedó callado, a pesar de que sus hermanos no le habían revelado el plan. No consideraron necesario hacerlo, pues Karel evitaba siempre pronunciar palabras inútiles. Un día había asegurado que solo el dos por ciento de lo que cualquiera dice en un día es digno de mención. El resto, eran tonterías que haríamos mejor en ahorrarnos. Por eso, entre otras razones, le gustaba tanto estar sentado delante del ordenador, porque el ordenador no usaba palabras inútiles.

El plan tuvo un éxito rotundo. La señora Keil advirtió inmediatamente la animosidad. Y cuando preguntó por el motivo, Paul y Ula no le contestaron, y Karel se limitó a decir: «¿Pues qué pasa? No sé a qué se refiere».

Al día siguiente, su padre les preguntó por qué se habían mostrado tan desagradables con su compañera de estudios y si ella les había hecho algo.

—No –replicó Paul–. No nos ha hecho nada, naturalmente. ¡Solo faltaría eso! Y nosotros no nos hemos mostrado desagradables. Como mucho, un poco enojados.

—Bueno, hablad de una vez –les pidió su padre.

—Yo no quiero una nueva mamá –dijo Ula–. No necesito una nueva mamá.

—¿Y cómo se te ocurre semejante cosa? –papá estaba totalmente desconcertado.

—¿Que cómo se me ocurre semejante cosa? Yo sé atar cabos.

Ula miró orgullosa a su padre, que no dijo nada más y estuvo mucho tiempo pensando. Por la noche le leyó un cuento antes de dormir y, luego, le puso la mano en la frente y le sonrió.

—Duerme bien, mi pequeña chiquilla avispada –dijo finalmente–. Y no te preocupes. Recuerda que en la familia lo hablamos todo. Deliberamos en común cuál va a ser la comida del día siguiente o qué haremos durante el fin de semana. Así que ninguno de nosotros va a sorprender a la familia con una nueva mamá sin discutirlo con los otros, ¿no te parece?

El viernes, la señora Keil no acudió a la casa. Llamó por teléfono y le comunicó al padre el motivo que se lo impedía. Debió de ser un impedimento muy grande, pues jamás volvió a presentarse.

9

HABÍA llegado mayo. La hierba del jardín crecía y en los arriates de la madre florecían no solo las flores habituales, sino también plantas silvestres de todo tipo.

—Hierbas y nabos –dijo Paul mientras contemplaban en el jardín los arriates que su madre siempre había cuidado con tanto esmero–. Pronto habrá hasta patatas. Entonces estaremos bien surtidos.

—Los arriates de mamá... Yo no puedo ocuparme también de eso –dijo el padre, preocupado–. Ya tengo bastante tarea con cortar la hierba. En primavera tengo que hacerlo todas las semanas para poder trabajar con mis bloques de piedra. Si no, llegará un día en que hasta mi Piedad desaparezca en medio de los hierbajos.

—Yo tampoco puedo –dijo Karel, agobiado–. No se me dan las plantas, como le ocurría a mamá.

—Es cierto –dijo Ula–. No sabrías hablar con las plantas como hacía mamá.

—Claro que no. Eso es una tontería.

—Pero mamá hablaba con ellas, y por eso sus plantas florecían siempre tan bonitas. Hasta consiguió que el nogal viejo volviera a dar nueces. Y eso fue únicamente porque habló con él.

—Bobadas –dijo Karel–. Le echó el abono adecuado. Como cualquier planta, un árbol necesita la tierra apropiada, alcalina o ácida según los casos. Lo decisivo es cuánto salitre necesita un nogal, cuánto fósforo, cuánto potasio, etcétera. Y por eso se recuperó el nogal viejo. Hablar con las plantas y con los animales... Bueno, eso no les sirve de nada.

—¿A los animales tampoco? Yo no lo creo así. Vagabundo me escucha atentamente cuando hablo con él. Y papá comenta con él su trabajo.

—Bueno –dijo Karel–, de eso prefiero no hablar.

Tampoco Paul se mostró dispuesto a cuidar los arriates, a pesar de lo importantes que eran para su madre.

—Yo no sé hacerlo –dijo–. A ninguno de nosotros nos gustará que cada año salgan más hierbas raras en ellos. Tenemos que encontrar a alguien que los cuide, alguien que entienda y venga una vez por semana. O transformamos los arriates en césped.

—Puedo hablar con la señora Tewel. Tal vez pueda ayudarnos también en esto –dijo papá–. Y una cosa más –añadió después de una pequeña pausa–: ¿Qué hacemos con el despacho de mamá? Creo que deberíamos examinar sus cosas y pensar qué queremos conservar de ellas, de sus libros, de sus películas y de sus colecciones. ¿Quiere alguno de vosotros la colección de piedras?

Ninguno contestó.

—¿Y quiere alguno de vosotros mudarse allí? ¿Tal vez Karel o Paul? Así tendría cada uno su propia habitación –sugirió el padre.

—No, yo no quiero que mi habitación esté allí. Allí no podría trabajar ni dormir –dijo Karel.

—¿Y tú, Paul?

—No. Yo tampoco. Además, si no estoy en la misma habitación que Karel y no puedo oír sus sesudos comentarios a todo lo que hago, creo que me faltará algo –dijo divertido.

—Está bien. No es preciso que lo decidamos ahora mismo. Aún falta mucho tiempo hasta el verano.

—¿Qué vamos a hacer en verano? –quiso saber Ula–. ¿Saldremos de vacaciones? Porque teníamos pensado ir a...

De pronto se interrumpió y tragó saliva. También los otros se quedaron callados. Habían acordado hacía tiempo ir a Islandia aquel verano. Allí vivía desde hacía diez años una amiga de la madre. Estaba casada con un islandés y había invitado repetidas veces a toda la familia a que fueran a visitarla. Pero por un motivo o por otro, nunca habían ido. Siempre había surgido algún obstáculo. Sin embargo, por fin aquel verano habían decidido visitar durante cuatro semanas Islandia, el país de hielo. Querían ver los géiseres y los glaciares, las focas y los renos. Y naturalmente, a Angelika, la amiga de la madre. Pero ahora, después de la muerte de la madre, a ninguno le quedaban ganas de ir a Islandia.

—Es el país que ella deseaba ver –dijo Paul.

Karel asintió:

—Si yo estuviera allí, no haría otra cosa que pensar constantemente en ella. Ella quería ver Islandia, y era ella quien todos los años intentaba convencernos para que fuéramos. Y resulta que no lo ha visto. No, yo no quiero ir a Islandia.

—¿Y qué opináis de la Selva Negra? –preguntó papá.

—Eso suena a andar mucho –dijo Karel.

—Querrás decir caminar –le corrigió Ula, pero Karel opinó que el cambio de verbo no mejoraba la cosa.

—Podríamos andar en bicicleta –propuso–. Así veríamos toda la Selva Negra en una semana.

—Y si lo hacemos en coche veremos todo en un día –completó cáusticamente el padre–. Y en avión lo terminaríamos en media hora.

—Pero así no veremos nada –exclamó Ula.

—Vaya –dijo Karel–. Actualmente hay cámaras especiales, con un zoom impresionante que permite verlo todo con una resolución estupenda. Si haces fotos con una cámara supergaláctica de esas mientras vuelas por la Selva Negra a toda velocidad en un reactor, ves en esas fotos todas y cada una de las raíces y las hojas.

—¿Y te encantaría eso?

—Sería interesante. En cualquier caso, más interesante que trotar días y días por los bosques.

Ula estaba horrorizada de su hermano. El padre únicamente sonrió y dijo que podrían caminar unas veces y andar en bicicleta otras, y así se daría gusto a todos. Pero lo cierto es que todos estaban contentos de que nadie insistiera en mantener el plan antiguo e ir a Islandia.

10

El padre esperaba una visita importante. El obispo de la ciudad que le había encargado la Piedad le había escrito que quería ir a ver la escultura que estaba haciendo. Ya había querido ir en febrero, pero él le había pedido que aplazara la visita porque, desde la muerte de la madre, apenas había conseguido trabajar.

—Quiere quitármela –dijo cuando leyó la carta.

Tenía algo de miedo porque su figura, la Madre de Dios con el Cristo muerto, probablemente no se ajustaba a las ideas del obispo.

—¿Quitártela? Es suya –dijo Ula–: él te encargó la escultura y te la pagará. Tienes que darle la Virgen.

—Sí, sí –rezongó su padre–. Pero no se la daré mientras no esté terminada. Y eso aún tardará.

—¿Te has enamorado realmente de tu escultura? No es una persona, sino solo un bloque de piedra.

—No, Ula, no me he enamorado de la piedra.

Mamá no lo decía en ese sentido. Solo quiero hacer bien mi trabajo. Cuando salga de nuestro jardín, tiene que estar perfecta.

—¿Cómo viene el obispo? ¿En avión?

—No creo. Seguramente tendrá un coche grande y un chofer. Tal vez venga con séquito. Cuando estuve con él, había al menos diez hombres a su alrededor. Fue como una recepción de la reina de Inglaterra. Solo que todos eran hombres.

—¿Podremos estar presentes?

—Naturalmente, si no os aburrís demasiado.

El obispo se presentó solo. No tenía chofer y conducía él mismo. Además, su coche era un deportivo pequeño, de color rojo. Ula se llevó una decepción porque no iba vestido de obispo. En realidad, llevaba un traje sencillo y tenía un aspecto tan corriente como el del señor Lorenz, su profesor de matemáticas. Seguro que ninguno de los vecinos habría advertido la presencia de aquel visitante, y el próximo día de colegio nadie le preguntaría qué personas tan importantes se habían alojado en su casa. Ella había esperado que el obispo llegara con su vistosa vestimenta de color rojo y su mitra de dos palmos.

El padre le trató de «señor obispo» y «monseñor», pero el visitante le pidió que renunciara a las formalidades. Le dijo que su nombre era Philipp Kleemann y que le llamara así, por favor. Les dio la mano a Ula, a Paul y a Karel, y hasta saludó a Vagabundo. El padre le pidió que entrara en casa, para tomar café o algún refresco, pero el obispo le dio las gracias y no aceptó la invitación. Dijo que primero quería ver la Piedad, su escultura.

Fueron al jardín. Vagabundo corría delante, y los tres niños iban detrás de ellos. Cuando se encontraron delante de la Virgen María con Jesús muerto, el padre dio algunas explicaciones sobre el mármol elegido y el trabajo que había realizado. Pero como el obispo no contestó nada, se calló enseguida y se llevó un puro a la boca.

El obispo estuvo media hora andando alrededor de la escultura. De cuando en cuando se detenía, la palpaba. Se apartaba unos metros para verla de lejos y luego se acercaba otra vez hasta casi tocarla. No se podía advertir si el trabajo le gustaba o no.

Por fin se situó al lado del escultor y le miró. Todos esperaban que dijera algo sobre la Piedad. Hasta Vagabundo se hallaba frente a él y le miraba a la cara.

El obispo carraspeó y por fin dijo:

—Un tabaco selecto el que usted fuma, maestro.

El padre asintió:

—Sí, son buenos. Recibo cada año una caja. Hace seis años esculpí para el obispo de Santiago de Cuba un cristo negro, y desde entonces me manda todos los años una caja con estos puros. Son Monte Cristo, realmente especiales.

—Un gesto muy laudable el de mi hermano cubano. ¿Y espera usted ahora que yo siga su ejemplo?

El padre se limitó a sonreír.

El obispo se abanicó con la mano para acercarse a la cara algo del humo del puro, hizo una inspiración profunda y dijo:

—Un puro realmente bueno, sí. Envidio la suerte de su amigo el obispo de Santiago.

—¿Puedo ofrecerle uno, señor Kleemann?

—Sí, gracias. Esa era la intención de mis palabras.

Cogió un puro y lo encendió con una cerilla. Luego se puso otra vez a dar vueltas alrededor de la escultura.

—Insólita, sorprendente –dijo–. Los feligreses la mirarán con asombro.

El padre asintió.

—Sí, esa es la función del arte. Tiene que ayudarnos a ver. Debe abrirnos los ojos. Hacernos mirar con asombro.

El obispo hizo un gesto de asentimiento y dijo:

—Y ahora me tomaría gustosamente un café. Y no me vendría mal acompañarlo de algo más fuerte. Mi intención es quedarme hasta mañana. Quiero ver la Piedad al atardecer, por la noche y de día. Solo entonces podré decir algo sobre ella.

El padre se volvió hacia sus hijos y les dijo:

—¿Habéis oído eso? Un hombre que entiende de arte. Eso no es frecuente.

—¿Quiere decir usted que no es frecuente en personas con un cargo tan alto? –preguntó el obispo sonriendo.

—A lo largo de los años he vivido ciertas experiencias –respondió el padre, evasivo–. ¿Dónde piensa pasar la noche?

—He visto un pequeño hotel en esta misma calle. Preguntaré si hay una habitación libre.

—¿Puedo ofrecerle alojamiento en nuestra casa? En cualquier caso, es mejor que el hotel. Además, estará más cerca de la Piedad tanto de día como de noche.

—De acuerdo. A fin de cuentas he venido aquí por mi Virgen.

Una vez que entraron en la casa, el padre hizo café, puso platos y tazas en una bandeja y cortó la tarta. El obispo se sentó en el salón y habló con los niños sobre su madre.

—Es terrible perder a la madre tan pronto. Yo tenía veintidós años cuando murió la mía. No he querido tanto a ninguna otra persona. Estaba desesperado y mi fe me ayudó poco en aquella ocasión. De pronto, se me derrumbó el mundo entero. Y me costó mucho tiempo aprender a seguir viviendo sin ella. Y hoy todavía la echo de menos. Imaginaos: aunque soy tan viejo, echo en falta a mi madre.

—¿Sabe usted dónde están ellas, su madre y la nuestra? –preguntó Ula–. ¿En el paraíso?

—Sí, así lo creo –dijo el obispo.

—Si hay un paraíso –dijo Paul–, nuestra madre tiene que estar allí. Si hay una persona que entre en el paraíso, esa es nuestra madre.

—Vuestra madre y la mía –dijo el obispo–. ¿De acuerdo?

Luego habló mucho con el padre de política y sobre lo que la Iglesia podía hacer por los países y las gentes pobres. Y durante la cena, los tres niños le hicieron muchas preguntas sobre su profesión, y el obispo les explicó detalladamente su trabajo diario y les habló de sus viajes a

Roma y de sus encuentros en el Vaticano con el Papa.

Hasta a Karel le resultó todo tan interesante que aquel día no se sentó ni un minuto delante del ordenador. Cuando llegó la hora de irse a la cama, le pidieron a su padre que les permitiera acostarse un poco más tarde. Como el día siguiente era sábado y, por tanto, no había colegio, él aceptó hacer aquella excepción.

A medida que la conversación avanzaba, los dos adultos fueron cogiendo confianza y acabaron tuteándose y hablando entre sí como si fueran amigos de toda la vida.

De pronto, Ula le preguntó al obispo por qué, al ser sacerdote, no podía casarse ni tener hijos. Y él se lo explicó:

—Nosotros tenemos que estar al servicio de los demás. Esa es nuestra misión. Y no debe apartarnos de eso ni la alegría que una familia puede dar, ni el sufrimiento que una familia puede ocasionar, como bien sabéis vosotros.

—¿Le gustaría estar casado?

El obispo sonrió y reflexionó largamente.

—Mira, por lo general, yo comprendo perfectamente la exigencia de mi Iglesia de que no nos casemos. Pero hay días y momentos en que me cuesta más. Es muy difícil, Ula. Yo he querido a mi madre por encima de todo y hoy es el día en que todavía la echo de menos. Pero también echo en falta la esposa que nunca he tenido. Y lo que más echo hoy en falta son los hijos que no se me ha permitido tener. Vosotros sois ahora muy desdichados porque os ha dejado vuestra madre. Pero sois desdichados porque antes erais muy dichosos. Yo nunca tendré la terrible pena de ver morir a mi mujer. Pero no sé si no tengo que pagar por eso un precio demasiado alto.

Se bebió de un trago el vaso que tenía a medias y se lo tendió al padre de los niños, que lo llenó otra vez.

Cuando ya estaban en la cama, los niños oyeron durante largo rato las voces de los dos hombres. Los oyeron reír y oyeron una música suave de fondo.

Antes de dormirse, los tres pensaron en lo que les había dicho el obispo y, a pesar de su pena, se sintieron felices de haber tenido una madre así y una dicha semejante.

Cuando el obispo se sentó en la mesa del desayuno, Ula no pudo contenerse y exclamó:

—¡Ayer estuvisteis hasta las tantas! Si lo hubiera hecho yo, estaría muerta.

—Pero, Ula... -dijo su padre por toda respuesta.

El obispo estaba un poco violento.

—Sí, sí -dijo–. Tienes razón. No ha sido muy sensato por nuestra parte. Y espero que no se lo cuentes a nadie.

—No hay problema -dijo Ula–. Pero no es nada sano. Un obispo tiene que dar ejemplo.

—Tienes razón. Pero las cosas sucedieron así porque yo tenía que hablar mucho con tu padre. Nos liamos conversando y de pronto era muy tarde -luego, se dirigió al padre de los niños–: Utz, estuvimos toda la noche conversando, pero no hablamos sobre la Piedad. Es imperdonable.

—Sí -dijo el otro–. No hablamos sobre ella. Pero yo tengo la sensación de que en realidad fue de lo único que hablamos. ¿No opinas tú lo mismo, Phil?

—Nos entendemos mucho mejor de lo que yo suponía -replicó el obispo.

Y entonces les enseñó a los niños cómo se corta el extremo superior de un huevo con una sola mano, y Paul le mostró la manera de hacer rodar un huevo encima de una mesa para que termine por quedarse parado otra vez justo delante de ti.

Cuando estaban ya saboreando el café, el obispo le dijo al escultor:

—Lo de la caja de puros me lo pensaré. Tengo que explicárselo a nuestro querido administrador, que controla todos nuestros gastos. No acabó de comprender que hubiera que proporcionarte un aparato de música para tu trabajo. No podía entender que no cuidaras mejor tus cosas.

—Las cuido. Pero a veces llueve y yo estoy tan concentrado en mi trabajo que únicamente me doy cuenta cuando estoy calado. Y la radio está tan empapada que solo cabe tirarla a la basura. O una lasca sale volando por los aires, con tan mala fortuna que da en la radio y la rompe.

—Ya se lo dije a nuestro administrador. Pero él piensa que, en ese caso, hay que poner la radio en un sitio seco, bajo techado.

—¿Bajo techado? ¡Así no oiría nada en el jardín! Yo necesito escuchar los Conciertos de Brandenburgo y las óperas de Händel si quiero crear algo. Y necesito hacerlo a todo volumen. Tampoco el órgano de tu catedral suena bajo, y en ocasiones hay que sacar en él todos los registros, ¿no es cierto? Por no hablar de la música actual, que necesita espacio para poder resonar.

—Eso es precisamente lo que yo le dije. Le pregunté a ese tacaño cómo se puede crear una Piedad sin la música de Bach. Conténtate, le dije, con que el escultor no nos haya pedido que le instalemos un órgano para trabajar mejor en su Piedad.

—Necesito realmente la música para mi trabajo, Phil.

—Claro que sí.

—Y en ocasiones llueve. Eso es un hecho de fuerza mayor, como debería saber un hombre de Iglesia, aunque sea administrador.

—Sí –asintió el obispo–, así se lo expliqué yo. Solo que la «fuerza mayor» cada uno la mide de distinta manera.

Cuando se levantaron de la mesa, el obispo dijo que quería ver una vez más su Piedad antes de emprender el viaje de regreso, pero que ahora quería hacerlo solo, completamente solo.

Media hora más tarde, el obispo volvió del jardín y dijo:

—¿Sabes de qué me he dado cuenta?

—No.

—Tu Virgen está terminada desde hace tiempo. O, mejor, mi Virgen. La Piedad está acabada. Pero no quieres dármela porque no puedes separarte de ella.

Los hermanos rieron y miraron a su padre.

—No –dijo él–, no está terminada. Lo estaba,

pero ya no lo está. Todavía tengo que modificarle algunas cosas. Querría dotarla de una sonrisa que solo he visto en mi mujer. Phil, espero que me permitas eso.

—Eso me alegraría mucho, Utz –dijo el obispo–. Me haría muy feliz. Pero no me hagas esperar un año más. Ni siquiera un obispo vive eternamente, y yo deseo bendecir personalmente mi estatua de la Virgen.

—Solo dos o tres meses más –prometió el padre.

—Eso me alegra –dijo el obispo–. Me cuesta trabajo esperar para erigirla delante de la catedral. Y si tiene algo de tu mujer, me sentiré orgulloso. A pesar de que el orgullo es pecado. ¿Sabes una cosa? Te envidio por tu tristeza. A ti y a tus hijos. Os envidio por vuestra desdicha. Porque el hecho de que ahora seáis desdichados significa que en otro tiempo fuisteis muy dichosos. Habéis conocido una alegría que yo nunca he podido conocer. Yo tengo un cargo maravilloso. Puedo ayudar a las personas. A muchas personas. Eso es muy gratificante. Pero nunca he sido tan dichoso como tú y tus hijos.

—No sé –replicó el escultor–. Tú significas algo para muchísimas personas y eres admirado y querido por ellas. No sé si no eres un hombre muy dichoso.

—Lo soy, seguro. Soy dichoso. Estoy contento. Tengo que estar agradecido al Señor mi Dios. Cuando muera, seguramente muchos se entristecerán. Probablemente habrá un gran entierro. Y se derramarán muchas lágrimas. En eso tienes razón. Pero serán lágrimas frías, no cálidas.

Ula tragó saliva y sintió deseos de abrazar al obispo y consolarlo. Pero este esbozó una sonrisa estimulante y le dijo al padre de los niños:

—No lo olvides: dentro de tres meses estarás con mi Virgen en la plaza de la catedral. De lo contrario, volveré a pensarme lo de la caja de puros.

Cuando el obispo se marchó con su coche, la familia al completo lo siguió con la mirada durante mucho tiempo.

—Yo tenía una idea muy distinta de un obispo -dijo Karel.

—¿Le ha gustado la escultura? -le preguntó Ula a su padre.

—Creo que sí -dijo él-. Y los puros cubanos también.

11

LLEGÓ el verano, y había mucho trabajo que hacer en el jardín. La señora Tewel iba dos veces por semana y se ocupaba de las plantas de la madre. El marido de la vecina, que en otro tiempo había sido oficial del ejército, cortaba la hierba procurando que la máquina cortacésped no golpeara las figuras de piedra.

Poco antes de las vacaciones escolares se presentó en su casa una mujer. Karel le había abierto la puerta y le había preguntado qué deseaba. Ella no contestó a la pregunta, sino que le pasó la mano por el pelo y le dijo en tono compasivo:

—Tú eres el hijo de Utz.

Karel echó involuntariamente la cabeza hacia atrás y replicó fríamente:

—Ya lo sabía.

La mujer soltó una carcajada y dijo:

—Igual que tu padre. El mismo humor. Así era siempre Utz.

—¿Qué desea?

—Quiero hablar con tu padre.

—No es posible: está trabajando.

—Creo que para mí tendrá tiempo. Pregúntale. Dile que está aquí Hilde. Hilde la Brava.

—Entonces espere, por favor.

Karel le cerró la puerta delante de las narices, fue a la cocina, se bebió un vaso de agua y volvió otra vez a la puerta.

—Lo siento –le dijo a la señora–. En este momento no tiene tiempo.

—¿Y cuándo tendrá tiempo?

—En realidad no tiene tiempo nunca. Pero puede usted probar otra vez pasado mañana. Entre las dieciocho veinte y las dieciocho treinta tendrá unos minutos libres. Quizá tenga usted suerte.

—¿Has hablado realmente con él?

—Naturalmente.

—¿Y le has dicho que está aquí Hilde la Brava?

—En esos mismos términos. Hilde la Brava, le he dicho.

—¿Y Utz? ¿Qué ha dicho tu padre?

—Ha dicho: no me molestes, tengo trabajo.

—Bueno, bien. Entonces pasado mañana. De todos modos no sé si entonces podré yo.

Hilde la Brava se había enfadado. Se dio la vuelta y se marchó sin despedirse.

Karel le habló a su padre de la visita durante la cena, pero llamó a la mujer «Hilde la Salvaje».

Él se rió y dijo que si era realmente Hilde la Brava, entonces se trataba de una chica que había estado con él en el colegio y era en aquel tiempo increíblemente descarada. No hubo ningún profesor al que Hilde no le diera una respuesta cortante ni ningún alumno que no le tuviera respeto. Cuando quería imponerse, cerraba los puños, miraba a su oponente con los ojos entrecerrados y se dirigía resuelta hacia él. Entonces, hasta los chicos más fuertes y más pendencieros cedían y dejaban el campo libre.

—Una vez -dijo- hubo un escándalo fenomenal en el aula. Teníamos una fiesta deportiva y nuestra clase había ganado el campeonato de balonmano, aunque por un solo gol y conseguido después de un golpe franco muy controvertido. Cuando nuestro equipo se dirigía a la tribuna para recibir el premio, un jugador de la clase que había perdido el partido derribó a uno de los nuestros. Inmediatamente surgió una pelea terrible, en la que debieron de participar todos. ¡Se produjo un caos absoluto! Los profesores chillaban, el director gritaba y el tumulto era cada vez más grande. Luego, el director dio dos golpes en la mesa con una regla grande, que sonaron como si alguien hubiera hecho un disparo. Al instante se hizo el silencio en la sala. Todos se quedaron rígidos, el director temblaba de ira y no era capaz de pronunciar una sola palabra. Y entonces, en medio del súbito silencio, Hilde soltó en voz alta: «¡Fin de la representación!». Inmediatamente se reprodujo el tumulto, y Hilde fue enviada a su casa, después de escuchar una severa reprimenda.

A papá se le saltaron las lágrimas de risa mientras contaba el episodio. Dijo que le alegraría ver a Hilde y le preguntó a Karel qué aspecto tenía aquel día.

Karel le dijo que llevaba toda la cara cubierta de maquillaje, lápiz de labios y colorete. Que papá seguramente no la habría reconocido. Y que la había citado para dentro de dos días porque quería prevenirlo para que no se asustara.

El viernes volvió puntualmente a las dieciocho y veinte. Iba otra vez elegantemente vestida y excesivamente pintada.

—Un auténtico tarro de pintura –le dijo Paul a Ula en voz baja.

Hilde la Brava se echó al cuello del padre. Contó una y otra vez lo orgullosa que estaba de haber estado en la misma clase que Utz. Dijo que hasta había comprado un dibujo suyo –uno pequeño porque no tenía mucho dinero–, que ahora estaba colgado en el salón de su casa. Luego, él la acompañó al jardín para enseñarle sus trabajos. Durante la cena la mujer habló incesantemente de los viejos tiempos, de los compañeros de clase y de sus profesores. Contó que trabajaba en el Ministerio de Hacienda y que allí era insustituible. Luego repitió lo orgullosa que estaba de haberse sentado en el colegio en la misma mesa que Utz, el famoso escultor y artista. Dijo que le contaba a todo el mundo que lo conocía.

—Papá no es artista –le objetó crispada Ula.

—¡Cómo puedes decir eso! Tu padre es un gran artista.

—No diga tonterías –replicó Ula–. Es un artesano.

—¿Un artesano? ¡Qué cosas! Al parecer no tienes ni idea de la gran valía de tu padre como artista.

—No es artista –gritó Ula–. Es un gran artesano. Lo mismo que el señor Ángel.

—¿El señor Ángel? –preguntó sorprendida Hilde–. ¿Quién es ese?

—Si no conoce usted al señor Ángel, es usted una mujer muy ignorante –replicó Ula, irritada–. El señor Ángel es el artesano más grande del mundo.

—¡Ula! –dijo papá en tono de reproche, y sacudió la cabeza molesto–. ¡Cómo te estás comportando! ¡No seas tan descarada!

—¡Pero si no conoce al señor Ángel, imagínate!

—Nunca he oído una sola palabra sobre ese tal señor Ángel. ¿A qué se dedica?

—Entonces tiene que ir usted a Italia –dijo Ula, excitada–. Allí quedará deslumbrada cuando contemple sus estatuas. Son gigantescas. ¿Cómo es posible que alguien no conozca a Miguel Ángel?

—Ah, seguramente te estás refiriendo a Michelangelo Buonarroti. A ese lo conozco, naturalmente –dijo Hilde–. Pero nunca había oído que se le llame «señor Ángel». Porque no se llama Ángel, sino Miguel Ángel, pequeña –sonrió disimuladamente.

Ula le echó una mirada cargada de ira.

—Es lo que yo he dicho: Miguel Ángel.

Ahora también estaba enfadada con su padre, pues tenía la sensación de que había quedado en ridículo por su culpa.

Hilde la Brava comentó que tenía que resolver unos asuntos por los alrededores y que, si a Utz le parecía bien, se pasaría de vez en cuando por su casa. También podría guisarles algo, pues Utz seguramente no sabría, y los niños mucho menos.

—¿Se ha enterado usted de que ha muerto

nuestra madre? –preguntó mordazmente Paul, y le dirigió una mirada desafiante–. Y guisar sabemos nosotros, de eso no tiene que preocuparse usted.

—Ahora id a vuestras habitaciones –dijo el padre–. Hilde y yo queremos seguir hablando un poco más. De nuestros viejos tiempos. Nada que os interese especialmente.

—Yo prefiero quedarme aquí y escuchar. Me interesa mucho –dijo Ula, impertinente.

—Bueno, marchaos ya, hijos –dijo él, y los empujó suavemente hacia la puerta.

Los hermanos recogieron la mesa y llevaron los platos a la cocina.

—Otra que tiene malas intenciones –dijo Paul.

—A lo mejor le gusta a papá –dijo Karel.

Ula se limitó a poner los ojos en blanco.

—Bueno, y si es así, ¿qué? –preguntó Karel–. ¿Sería tan malo? Es posible que papá vuelva a casarse algún día. Y nosotros no podemos impedirlo. Sería razonable.

—¿Tú quieres realmente eso? –preguntó Paul, estupefacto–. ¿Quieres que entre en casa una mujer cualquiera y se comporte como si fuera nuestra madre?

—Yo solo digo que sería razonable. Sería una gran ayuda para él.

—Razonable, razonable... Nosotros no necesitamos ninguna ayuda –dijo Ula–. Prefiero encargarme yo de las tareas de la casa.

—Y yo puedo guisar –dijo Paul–, al menos de vez en cuando. Yo observaba atentamente a mamá cuando cocinaba.

—No se trata solo de eso –dijo Karel–. Así, papá no estaría solo.

—¿Solo? ¿Cómo dices que está solo? Nos tiene a nosotros. No está solo en absoluto. Al menos, no más solo que nosotros –dijo Paul.

A la mañana siguiente le preguntaron a su padre si Hilde la Brava iba a volver.

—Sí, creo que sí –dijo él.

—¿Va a venir ahora cada dos por tres a nuestra casa?

El padre sonrió.

—No os preocupéis, hijos. También yo tengo voz y voto en este asunto. Y nos arreglamos muy bien nosotros solos, ¿no?

—Final de la representación –exclamó Ula. Ahora estaba tranquila.

12

TODOS los miembros de la familia, junto con Vagabundo, fueron en agosto a la playa. Karel había protestado tanto contra el proyectado viaje a la Selva Negra y las excursiones correspondientes, que al final perdieron todos la ilusión por ir allí. Por fin, el padre le había preguntado a Karel qué tipo de vacaciones deseaba, y este había contestado: «No me importa adónde vayamos. Lo esencial es que se pueda nadar». La señora Dach, una conocida de la familia, tenía una casa en Hiddensee y aceptó alquilársela durante las tres semanas que ella viajara a Estados Unidos.

La familia partió con su coche con rumbo al Mar Báltico un sábado por la mañana muy temprano. Cuanto más se acercaban al mar, más repletas estaban las carreteras. Tuvieron que ir muy despacio y llegaron muy tarde a la ciudad. El transbordador que debía llevarlos hasta la isla ya había levado anclas. Se quedaron plantados en el muelle con su equipaje y no pudieron hacer otra cosa que decirle adiós con un gesto.

Pero como se habían citado con la señora Dach y ella los estaba esperando, el padre decidió coger un taxi acuático. Fue más caro que si hubieran hecho el viaje en el transbordador, pero también mucho más rápido. La motora se balanceaba mucho. Ula temió marearse, y a Paul se le puso la cara blanca durante la travesía. Pero solo Vagabundo se mareó de verdad y vomitó durante el viaje. Con un movimiento rápido, papá logró sujetarlo en el último instante encima de la borda, de suerte que el regalito no cayó en cubierta.

—Yo no sabía que también los perros pueden marearse –dijo Paul.

—Hay muchas cosas que tú no sabes, querido –comentó ácidamente Karel.

Pero Ula replicó:

—Vagabundo no es un perro corriente. Al fin y al cabo, su comida preferida son las remolachas. Por eso no tiene nada de particular que se maree.

A medio camino adelantaron al transbordador que habían perdido y llegaron al puerto de Kloster mucho antes que él. La señora Dach fue a buscarlos con dos bicicletas. Ataron en ellas el equipaje y se encaminaron a su casa de vacaciones.

La casa se hallaba entre dos pueblos, en medio de una pradera. Solo había hasta el mar dos minutos a pie, y la otra costa, la de Kloster, no estaba mucho más lejos. Toda la casa estaba cubierta de juncos, y justo en medio del tejado se levantaba una chimenea hecha de cañas amarillas. Las habitaciones eran todas pequeñas, muy pequeñas. Pero había tantas que a cada uno le correspondieron dos. Y a Vagabundo, el cuarto de estar con la chimenea.

La señora Dach les entregó las llaves, les enseñó la cocina y les explicó cómo funcionaba la calefacción. Y les advirtió que llevaran cuidado con el fuego, pues la caña seca es muy inflamable y si ardía no habría forma de salvar la casa.

—Lo mejor es no encender velas, ni siquiera una cerilla –dijo–, porque si se me quema la casa tendré que pasar las noches en mi tumbona de la playa. Y eso no es muy agradable en invierno.

—Tendría que techar la casa con tejas –dijo Karel–. Los tejados de caña son cosa del siglo pasado. Duran poco, y además pueden quemarse. Emplear la caña como material de construcción es un atraso.

—¡Chico! –exclamó consternada la señora Dach–. ¡Tejas en mi casa! ¡Qué aspecto tendría!

No, en esta isla todas las casas tienen tejado de caña.

—Pero la caña se pudre al cabo de unos años, mientras que las tejas duran eternamente.

—En cambio, mi tejado de caña es un encanto, muchacho. ¿Eso no cuenta nada para ti?

—Que sea un encanto seguramente le plantea problemas a mi hermano –objetó Paul–. No es posible demostrarlo científicamente y, por tanto, para él no existe.

—Ah, bueno –dijo la señora Dach–, el joven señor es un científico. Bien, quizá aprenda algún día que hay en la vida ciertas cosas que no pueden demostrarse científicamente y que, sin embargo, se necesitan. Cosas relacionadas con la estética, por ejemplo.

Luego les enseñó la cocina. Había llenado por completo el frigorífico y les recomendó que se comieran todo y, antes de marcharse, volvieran a llenarlo con cosas frescas.

Luego, la acompañaron al puerto. Karel y Paul iban delante llevando del manillar las bicicletas con el equipaje de la señora Dach. Al despedirse les dijo:

—Os envidio. Yo preferiría quedarme en mi tranquila isla. He hablado con el señor Schilfmann. Él os enseñará la isla de Föhr. Allí podréis ver plantas que no hay en ninguna otra parte del mundo, al menos eso creo yo. Seguramente no os perderéis las puestas de sol. Pero os recomiendo que algún día madruguéis para ver una salida del sol también.

—Eso suena muy bien –dijo cortésmente Paul–, levantarse en plena noche, y encima en vacaciones, solo para ver algo que ocurre todos los días.

—Cuando lo hayas vivido en Hiddensee, no lo olvidarás jamás –replicó la señora Dach.

—Es posible –dijo Karel–. Si Paul consiguiera alguna vez levantarse antes de la salida del sol, no lo olvidaría en su vida.

Una vez que el vapor levó anclas llevándose a la señora Dach, regresaron a la casa y sacaron las cosas de las bolsas y de las maletas. Ula había decidido por su cuenta que una de sus dos habitaciones sería el dormitorio y la otra el cuarto de vestir, igual que lo tienen las reinas y las princesas.

A mediodía comieron en un restaurante especializado en pescado. Cuando el camarero les llevó la carta, Paul se recostó en su silla y dijo:

—¡Oh, qué maravilla! Al fin, un día en el que no hay que cocinar.

Karel miró sombríamente a Paul. Y de repente

se le llenaron de lágrimas los ojos. Porque esa frase la decía su madre al comienzo de todas las vacaciones y en todos los viajes cuando entraban en un restaurante: «¡Oh, qué maravilla! Al fin un día en el que no hay que cocinar».

13

FUERON unas vacaciones magníficas. El tiempo fue espléndido. Lució el sol todos los días y gracias al viento, que siempre se dejaba sentir en la isla, nunca pasaron mucho calor.

El padre se había llevado varios blocs y dibujaba a lápiz y carboncillo las costas escarpadas y las rocas, el paisaje de las landas, los árboles agitados por el viento y las aves. Después de desayunar iba con los niños a la playa, se metía con ellos en el agua y nadaba un rato. Luego volvía, se secaba, se vestía otra vez y empezaba con su trabajo. Preparaba el bloc y la caja de pinturas, encendía un puro y contemplaba el paisaje durante una media hora. Luego dejaba a un lado el puro y empezaba a dibujar como un poseso. Esbozaba con energía, con trazos grandes y seguros. Trabajaba casi febrilmente durante varios minutos, hasta que llenaba la hoja. Luego cogía el puro apagado, lo encendía y volvía a contemplar durante un buen rato el paisaje y la hoja del bloc. A veces asentía satisfecho. En ese caso, le daba la vuelta a la hoja y cogía un nuevo papel en blanco. Pero la mayoría de las veces hacía pequeños cambios. Difuminaba una zona con la manga, hacía aquí y allá una raya o introducía un sombreado. Luego volvía a contemplar el dibujo durante varios minutos y, finalmente, le daba la vuelta. Y después se repetía todo: observaba inmóvil el paisaje, para luego ponerse a trabajar de pronto.

Vagabundo se sentaba junto a él algunas veces; pero a diferencia de lo que ocurría en el jardín de casa, en la playa había muchas cosas que le daban quehacer. Las gaviotas volaban casi pegadas al agua o a la playa y él se pasaba todo el día persiguiéndolas. Corría tanto que por la noche estaba completamente agotado y se dormía y roncaba delante de la chimenea cuando la familia todavía estaba cenando.

Algunas veces, los niños regresaban de la playa, iban a donde estaba su padre y observaban su trabajo, pero no decían nada porque sabían que no quería que nadie le molestara.

—¿Por qué vuelves a pintar eso? –le preguntó Ula en cierta ocasión–. Ese árbol acabas de pintarlo ya.

—Es que esta luz es completamente distinta

–replicó papá–. ¿No lo ves? Todo es completamente distinto de como era hace media hora. ¡Oh, esta luz! ¡Si yo pudiera captarla en el papel! ¡Si pudiera introducir esta luz en una piedra! Entonces, y solo entonces, Ula, dominaría realmente las claves de esta artesanía.

—¿Como el señor Ángel?

—¿Como Miguel Ángel? No. Eso no es posible. En la obra de Miguel Ángel tuvo que colaborar alguien distinto. Todo es tan perfecto... Eso no pudo crearlo un hombre.

—¿Le ayudó alguien? ¿No lo hizo solo?

—Sí, eso creo.

—¡Pero eso es un fraude, papá!

—Le ayudó alguien; de eso estoy convencido. Tuvo que tener a su lado a un ángel. De otro modo no se puede explicar cómo pudo crear tantas maravillas.

—¿Y tú? ¿No tienes ningún ángel?

—Es posible que tenga uno. Pero puede que mi ángel sea menos diestro que el de Miguel Ángel.

—Pero también tú has hecho estatuas y esculturas maravillosas. Seguro que también le gustarían al señor Ángel.

—Bueno, no sé. Me temo, me temo... Tal vez mi Piedad. Tal vez la contemplaría durante todo un minuto. Y tal vez diría luego: «Bueno, el joven no carece completamente de talento. Si sigue trabajando así, y es aplicado, y estudia, todavía es posible que algún día llegue a ser algo».

—La Piedad es una obra maravillosa.

—Bueno, Ula. No estoy descontento de ella. Tal vez sea la pieza que quede de mí. Sería bonito. Sabes, Ula, algún día, dentro de millares de años, se extinguirá toda la vida de la tierra. Al menos eso dicen los científicos, lo he oído en la radio. Y me imagino que un día vendrán a esta tierra seres vivos de una estrella completamente distinta. En ese momento aquí no habrá vida, pero seguirán en pie las esculturas de Miguel Ángel, y la Capilla Sixtina, y las iglesias y catedrales, y los museos llenos de cuadros. Pienso que cuando esos seres vivos de otra galaxia lo vean, creerán haber aterrizado en la estrella de los dioses.

—Y también admirarán tu Piedad.

—Tal vez, Ula. Pero ahora tengo que ponerme a trabajar otra vez.

El padre se puso entre los labios el puro apagado, lo mordisqueó y contempló el paisaje. Ula hizo ademán de marcharse, pero volvió después de dar unos pasos.

—Ahora que lo pienso... –dijo–. Quizá a Miguel Ángel no le ayudó ningún ángel. Porque tal vez no era humano. Le llamaban Miguel Ángel, pero quizá su verdadero nombre era Ángel Miguel. A lo mejor, era un ángel.

Su padre silbó admirado.

—¡Qué lista es mi chiquilla! Nunca se me había ocurrido pensar en eso. Pero podría ser cierto. El arcángel Miguel, que quiso un día mostrarnos de incógnito qué maravillas se pueden hacer con un bloque de piedra. En cualquier caso, eso explicaría muchas cosas –de pronto, rió ruidosamente y gritó divertido–: Ula, si estás en lo cierto, habrá que reescribir toda la historia del arte.

Le dio un beso a la niña y la miró con ojos radiantes. Luego cogió un lápiz y se puso a dibujar febrilmente.

14

El segundo día, Karel se quemó en la playa porque se había pasado varias horas sentado en la arena trabajando con el ordenador portátil sin moverse. No podía meterse en el agua salada del mar porque le irritaba las quemaduras de la piel, y cuando salía de casa tenía que ponerse chaqueta y gorra como si estuviera lloviendo y hubiera tormenta.

Su padre, Paul y Ula se comportaron de manera más sensata, no tomaron el sol durante demasiado tiempo, y en las horas de más calor buscaron de vez en cuando la sombra de la casa. Solo Botón, el oso de peluche de Ula, estuvo desde primera hora de la mañana hasta bien entrada la tarde tumbado en la arena de la playa y tomando el sol. Su idea era meterse en el mar cuatro veces cada día. Al menos, Ula aseguraba que el oso de peluche le había dicho eso; pero ninguno de la familia había visto a Botón en el agua jamás.

En la librería de la isla había pegado un cartel en el que se anunciaban los actos culturales que tenían lugar en el museo regional.

—¿Has visto eso? –le preguntó Paul a su padre, señalándole el cartel con un movimiento de cabeza.

Allí podía leerse que el próximo domingo se proyectaría en el museo una película que había rodado la madre sobre Hiddensee y una pintora local.

Su padre asintió.

—¿Podemos ir?

—Si queréis, muy bien –dijo su padre.

A partir del accidente de las quemaduras, los paseos por la isla tuvieron que hacerlos sin Karel. Él decía que aún le dolían y que no podía caminar tanto. Sus hermanos se sonreían; pero nadie protestó porque todos sabían que andar no le gustaba demasiado.

—Nosotros vamos a comer fuera –dijo un día Ula–, así que tendrás que prepararte algo.

Karel asintió y Paul comentó:

—Yo ya sé qué va a comer: huevos revueltos.

Aunque los huevos revueltos no eran su plato preferido, Karel los hacía siempre que tenía que preparar algo para él solo. Freía en una sartén tres huevos batidos y luego echaba, cortado en trozos muy pequeños, lo que encontraba en el frigorífico o en la cocina: pimientos y tomates, pan y embutido, queso y patatas cocidas, restos de la comida de mediodía del día anterior y todas las especias imaginables. Esos huevos revueltos solo se los podía comer Karel. Todos los demás los encontraban asquerosos.

Cuando regresaron de su caminata por la isla encontraron a Karel de muy buen humor. Ayudó a Ula a descalzarse y preguntó a su padre si quería que le preparara un té.

—¿Qué pasa contigo? –le preguntó receloso Paul–. ¿Es consecuencia de las quemaduras solares?

Pero Karel no contestó con un bufido ni le dio un coscorrón, como solía hacer, sino que silbó alegremente.

—Aquí hay gato encerrado –le dijo Ula a su padre–. Algo está pasando.

—Deja a los mayores en paz –se limitó a responder él.

Los días siguientes, Karel fue pocas veces con ellos a la playa. Se quedaba en casa porque quería trabajar, pero cuando volvían, Karel no aparecía por ningún sitio. Solo acudía a la hora de cenar y siempre de muy buen humor. Su ordenador llevaba días apagado en su habitación, cosa que no había ocurrido nunca.

—Aquí está pasando algo –repitió Ula, y miró a su hermano con desconfianza.

El domingo, Karel dijo que no quería ir al museo.

—Pero si ponen una película de mamá –le replicó Ula.

—La conozco. Ya la he visto tres veces.

El padre no dijo nada, pero se le notó que estaba decepcionado.

Por la noche, su padre le leyó un cuento a Ula. Cuando terminó le preguntó si aún quería que siguiera leyéndole por las noches.

—Es que ya puedes hacerlo tú misma, porque ya no eres una niña pequeña –añadió.

—Pero es mucho más bonito que te lean. Mamá siempre quería que le leyeras tú –hizo una pausa y, luego, continuó–: Lo de Karel está mal. Es increíble que no quiera ver la película de mamá.

—Es que ya conoce la película –lo disculpó él–. Además, creo que ha encontrado amigos aquí y quiere salir con ellos. Por eso no suele venir a la playa con nosotros. Tampoco trabaja tanto como dice.

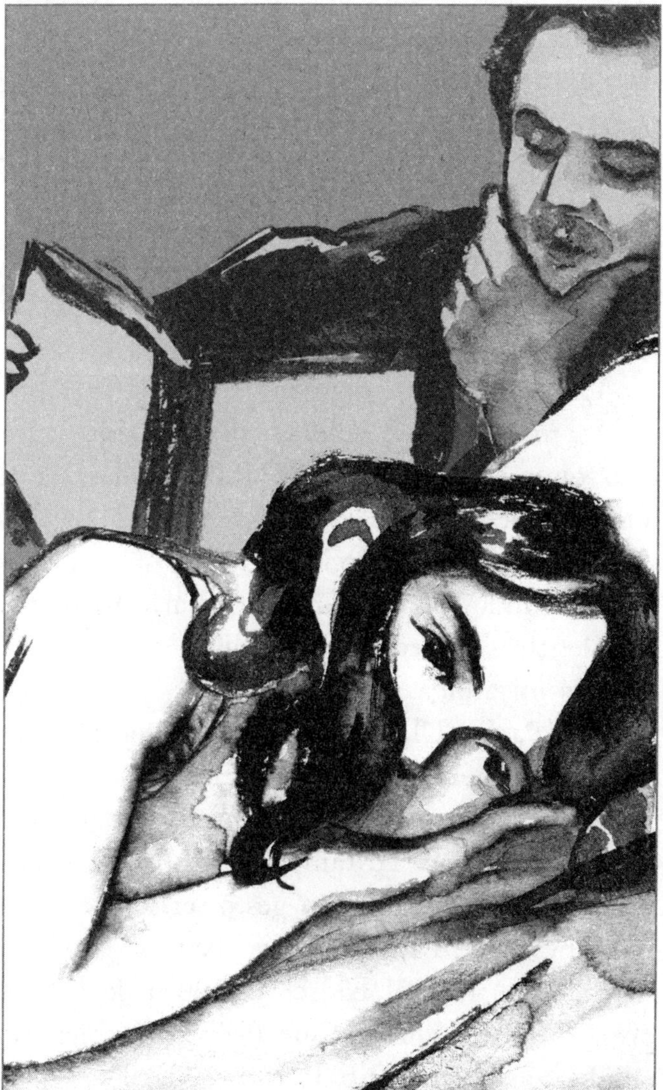

—Ah, bueno –dijo Ula, y luego añadió, apenada–: Yo no he encontrado aún ninguna amiga.

—Si simpatizas con alguna chica, puedes invitarla a nuestra casa. Y yo haré una tarta especial para tu nueva amiga. ¡Te lo prometo! ¡Y ahora duerme bien, cariño!

El domingo a mediodía, Karel les comunicó que había cambiado de idea y sí quería ver la película, y preguntó:

—¿Puedo llevar a alguien?

—A todos los que quieras –dijo su padre–. No creo que se hayan agotado las entradas. ¿Y a quién vas a llevar?

—A Petra –dijo Karel.

Como todos se limitaron a mirarle fijamente en silencio y expectantes, añadió:

—Es mi amiga.

Papá, Paul y Ula estaban sorprendidos. Se miraron y sonrieron.

—Pero no quiero que le hagáis ningún comentario extraño. Tú tampoco, Paul –dijo Karel, y miró a su hermano con gesto serio.

Nadie dijo ni una palabra. Paul se limitó a silbar. Y cuando el padre se repuso de la sorpresa, dijo únicamente que Petra sería bien recibida, muy bien recibida.

En el museo regional había veinte personas

dispuestas a ver la película. Paul, Ula y su padre se sentaron en la última fila y reservaron dos asientos para Karel y su amiga. Los dos entraron en el último momento, cuando la directora del museo ya se había levantado para saludar y hacer algún comentario sobre la película.

Cuando Karel apareció con su amiga, Ula estaba muy nerviosa. Había estado volviendo constantemente la cabeza hacia la puerta de entrada y por fin había musitado:

—¡Ahí vienen!

Petra era una chica bajita, de pelo negro y ojos pequeños. Apenas era más alta que Ula, pero sin duda tenía la misma edad de Karel. Su pelo, recogido en el centro de la cabeza, se alzaba como un pequeño surtidor.

Se dirigieron rápidamente a sus sitios porque la directora del museo se disponía a empezar. Petra los saludó a todos, y estaba tan violenta que se sonrojó. Cuando saludó al padre apenas levantó la vista para mirarle. Y a Ula le dijo «hola» en voz muy baja.

—Hola también –repitió la niña, divertida.

Karel le dirigió una mirada furiosa a su hermano, pero este se limitó a mirar con curiosidad a Petra y estrecharle cordial y largamente la mano.

La directora del museo contó cuándo se había rodado la película y dijo que la proyectaban todos los años porque era una película que mostraba las bellezas de Hiddensee. Luego dijo:

—Y espero que la directora siga haciendo muchas películas como esta. Y, si son de aquí, mejor que mejor, pues tenemos muchas cosas que enseñar.

El padre y los niños no se miraron. Estaban como petrificados y tenían los ojos fijos en la pantalla. Se apagó la luz, empezó a zumbar el proyector y, con las primeras imágenes que pudieron verse, sonó una música de guitarra.

Después de la proyección, Petra dijo que la película le había gustado mucho y que había reconocido muchas cosas: las casas, la costa escarpada y, naturalmente, el puerto de Kloster. Al padre le agradó oír aquello y le preguntó si aún tenía algo de tiempo. Así podrían ir todos juntos a tomar un helado. Karel sacudió la cabeza.

—No, tenemos prisa. Petra tiene que volver a su casa.

La chica le miró, sorprendida. Pero Karel añadió rápidamente:

—Ya sabes que tenemos prisa.

—Entonces, ven mañana por la tarde a nuestra casa –dijo él–. Haré una tarta especial para ti.

—Seguro que es de cerezas y chocolate –conjeturó Ula.

—Sí, seguramente. Es la que mejor me sale –dijo él.

Se despidieron y se marcharon los dos.

—Es muy bajita –observó Paul–. Cuando quieran besarse, Karel tendrá que agacharse un montón.

—¿Crees que se besarán? –preguntó Ula, intrigada.

—Eso debe de ocurrir de cuando en cuando. Es lo que se suele hacer –dijo Paul.

Ula miró fijamente a su hermano y tuvo un acceso de hipo.

—A fin de cuentas, Karel ya tiene quince años –recordó el padre–. ¡Quién sabe lo que haréis vosotros a su edad!

La tarta de cerezas y chocolate estaba exquisita. Petra se comió tres trozos y la alabó mucho. Ula estuvo todo el tiempo haciéndole preguntas, y Petra contó que ella y sus padres estaban allí de vacaciones. Que era la primera vez que visitaban la isla y que habitualmente no solía ir de vacaciones con sus padres. Y es que tenían un vivero donde siempre debía quedarse alguien para cuidar las plantas. Aquel año se ocupaba de su vivero durante tres semanas una jardinera del pueblo de al lado; por eso habían podido salir de vacaciones todos juntos.

El padre la invitó a ir con ellos a la playa. Petra dijo que podía quedarse allí hasta el anochecer, pues tenía permiso de sus padres. Pero Karel la interrumpió y dijo que no tenían tiempo porque pensaban hacer otra cosa. La chica le miró sorprendida.

—Ya lo sabes –dijo Karel en tono apremiante y misterioso.

Todos se dieron cuenta de que Petra no sabía nada, pero el padre dijo que se marcharan cuando quisieran. Y que si alguna vez les apetecía ir a la playa con ellos serían bien recibidos.

—Karel no quiere que estemos con ella –dijo Paul después de que se marcharan los dos–. Se comporta como si quisiéramos quitársela.

—No –le contradijo su padre–, quiere estar a solas con ella, que es completamente distinto.

—Quieren besarse –sospechó Ula.

—Tal vez. Pero ¿hay algo malo en ello? –le preguntó su padre.

—Entonces se casarán enseguida –afirmó Ula, pensativa–. El que se besa tiene que casarse.

Pero Paul le replicó:

—Todavía son muy jóvenes para eso. Y lo de besarse, Ula, no debe de ser gran cosa en su caso. Todavía están aprendiendo. Por eso lo practican tan a menudo.

—¿Y tú dominas bien ese asunto? -quiso saber su padre.

—Si quisiera, yo podría ser campeón del mundo en eso.

—Bueno es saberlo -dijo su padre-. ¿Y cuándo vamos a conocer a tu amiga?

—Yo no tengo ninguna amiga. Ninguna amiga especial, quiero decir.

—Entonces, ¿cómo sabes que besas tan bien? -le preguntó Ula.

—Hay talentos innatos, pequeña. Papá sabe esculpir los bloques de piedra mejor que nadie. Los conoce, por así decir, personalmente. Eso no se aprende. Eso se lleva en la sangre. La cabeza de Karel está construida como un ordenador gigante, y esa cabeza ya la tenía él en la cuna. Y yo tengo innato el talento para besar. Por eso no importa lo más mínimo que tenga una amiga o no.

—Y yo, ¿qué? ¿Qué talento tengo?

—Eso es precisamente lo que tienes que averiguar. Para eso vas al colegio.

—Si el don es innato, se tiene también sin ir al colegio. Me gustaría saber cuál es el mío.

—Ven aquí, Ula -dijo su padre, y la cogió entre sus brazos–. El talento hay que descubrirlo. Existe naturalmente. En todas las personas. Algunas personas lo buscan y lo descubren; otras no prestan ninguna atención a su talento. Se olvidan de él, y el talento se atrofia y muere. Yo estoy tan impaciente como tú por saber qué va a aparecer en ti. Pero ahora ya estoy seguro de que serás tan guapa y tan inteligente y tan valiente como mamá. Eso es algo que aún pudo darte ella, tu madre.

15

AL final de las vacaciones hicieron un viaje en coche de caballos. Habían invitado a Petra. A las ocho de la mañana en punto, la chica apareció delante de la puerta. La familia aún estaba desayunando en el porche, y ofrecieron a Petra una taza de cacao y un bollo recién hecho.

Inmediatamente se presentó el señor Jau. Era el campesino que guiaba el carruaje, al que había enganchado dos caballos. También él se sentó a la mesa para comer y beber algo. Vagabundo correteó desconfiado alrededor de los caballos. Los círculos fueron cada vez más estrechos y, finalmente, se detuvo delante de ellos y los miró a los ojos.

Por fin partieron todos juntos de excursión.

Fue una mañana agradable. Hans y Lotte, los dos caballos del campesino, los llevaron hasta la reserva natural de Gellen.

Vagabundo correteaba junto a los caballos como si no supiera hacer otra cosa. Esquivaba hábilmente sus cascos y apartaba de su camino a ciclistas y caminantes con un rápido ladrido. El señor Jau alabó al perro y dijo que era un animal como es debido y no un mimado y estúpido perrucho de ciudad que no sabe hacer otra cosa que comer y hacer sus necesidades en las farolas.

Luego pasaron por los pueblos de la isla hasta la costa y recorrieron a pie un trecho hasta la bahía, para bañarse, mientras los caballos descansaban y se comían el pienso. Vagabundo se negó a ir con ellos a la playa y se quedó con los animales.

Durante el viaje de vuelta, Jau tuvo que ir muy despacio y guiar los caballos con mucha precaución porque habían llegado muchos turistas a la isla. Eran tantos que ni Vagabundo era capaz de apartarlos. Caminaban relajadamente delante de ellos o hasta detenían el carruaje para acariciar a los caballos y preguntarle al campesino dónde se podía comer por allí.

Ula y papá aprovecharon todo el viaje para conversar con Petra. Ella les habló del vivero de sus padres y demostró lo mucho que sabía sobre árboles y flores.

—Es una pena que no hayas conocido a nuestra madre. Seguramente te habrías entendido bien con ella. Sabía un montón sobre plantas.

—Hasta hablaba con ellas –intervino Ula.

—También mi madre lo hace –dijo Petra–. Y yo las regaño cuando crecen sin orden ni control.

—Ah, ¿tú las regañas? –quiso saber Paul–. ¿Es que se puede regañar a una planta?

Le hizo la pregunta a Petra, pero mirando intrigado a Karel.

—Naturalmente –respondió la chica–. Cuando se las regaña, las plantas agachan las hojas durante unos minutos, pero luego obedecen. Porque las plantas son muy sensibles.

—¿Lo has oído? –le preguntó Ula a Karel.

Karel se limitó a hacer un gesto de asentimiento. Parecía considerar como algo muy normal que alguien regañara a las plantas. Ula no quiso preguntarle si también eso podía demostrarse científicamente.

Paul bromeaba con Petra y se alegraba cuando la hacía reír. Karel era el único que hablaba poco, pero se le notaba que estaba orgulloso de su amiga.

El viernes se levantaron pronto y después del desayuno recogieron sus cosas. Luego limpiaron la casa entre todos. Karel desapareció durante una hora para despedirse de Petra. Cuando volvió, todos notaron que había llorado, pero ni siquiera Paul hizo alguna observación al respecto.

A las once de la mañana salieron hacia el puerto con su equipaje y una bicicleta. Allí esperaron el transbordador, con el que debía llegar la señora Dach y con el que ellos regresarían a tierra firme y a su coche.

—Niños, estar aquí es una maravilla –exclamó la señora Dach cuando bajó del transbordador–. Una ciudad grande está bien y es bonita. Pero a mí me marea. ¡Tanta gente! ¡Y todos van con prisas! Nadie tiene tiempo, y seguramente ninguno de ellos ha visto nunca una salida del sol. Cómo el sol se eleva del mar e ilumina con sus rayos el mundo entero... Mañana me levantaré antes del amanecer para contemplarlo una vez más. ¿Os ha gustado mi isla? Pero no hace falta preguntar: se os nota.

Papá le entregó las llaves, y todos le dieron las gracias. La señora Dach volvió a preguntarles a todos, uno por uno, si se lo habían pasado bien. Y cuando le hizo esa pregunta a Karel, este contestó:

—Han sido las mejores vacaciones de mi vida.

—Las salidas del sol son aquí bellísimas, ¿no es cierto?

—Sobre todo cuando uno puede ver dos soles al mismo tiempo –precisó Paul.

—Ah, creo que entiendo –dijo la señora Dach, y le dirigió a Karel una mirada afectuosa–. En ese caso, mi isla es todavía más paradisíaca.

El patrón del barco se disponía ya a guardar la pasarela para levar anclas, pero la señora Dach lo detuvo. Abrazó a todos los miembros de la familia y luego los ayudó a llevar el equipaje a bordo. Cuando el transbordador se puso en movimiento, Ula quiso hacerle un gesto de despedida, pero ya no vio de la señora Dach más que de espaldas. Sin duda tenía mucha prisa por llegar a su casa con la bicicleta cargada.

Durante el viaje a tierra firme estuvieron sentados en la cubierta superior, que no estaba techada, y contemplaron las gaviotas que volaban alrededor del transbordador esperando que alguien les echara de comer. Vagabundo no dejó de mirarlas un solo momento.

—Han sido unas vacaciones maravillosas –dijo Ula.

—Sí –dijo su padre–, esta isla la creó Dios en uno de sus mejores días.

—Han sido nuestras primeras vacaciones sin mamá –comentó Paul–, y a partir de ahora será siempre así. Siempre sin mamá.

Nadie dijo nada. Clavaron la vista en el mar y las gaviotas, en la tierra firme, que se hallaba frente a ellos, y en la isla, que desaparecía a su espalda. De pronto se sentían deprimidos y permanecieron sumidos en sus pensamientos. También Karel estaba triste. Pero quizá no por su madre. O no solo por su madre, pues, además, había tenido que despedirse de Petra, y no sabían cuándo volverían a verse.

Sin embargo, al poco rato estaban todos ocupados de nuevo. Corrían nerviosos por la cubierta y buscaban pañuelos de papel y papel higiénico porque Vagabundo había vomitado otra vez. Y en esa ocasión, el regalito había caído entre los asientos. Los otros viajeros lo contemplaban indignados. Algunos de ellos abandonaron la cubierta arrugando la nariz para buscar un sitio en otra parte. Karel y Ula limpiaron los vómitos. Paul cogió a Vagabundo en brazos y trataba de tranquilizarlo. Y el padre intentaba calmar a una señora, que opinaba que los perros debían viajar siempre encerrados en una jaula.

Una vez llegados a casa, les tocó a Paul y Ula deshacer el equipaje. Karel tenía que escribir una carta importantísima, que debía echar a tiempo en el buzón, y el padre salió corriendo al jardín para echarle un vistazo a sus piedras.

16

DURANTE varias semanas, el padre trabajó en la Piedad desde primera hora de la mañana hasta la caída de la tarde. A finales de septiembre, cuando los días ya eran más cortos, la estatua de María con el hijo muerto en su regazo estaba terminada.

Al comunicárselo a los niños, parecía triste. Como si le diera pena haber terminado aquel trabajo. Pasó un día entero sentado delante de la estatua terminada contemplándola. Paul tuvo que llevarle allí la comida porque él no quería apartarse de la obra.

Al día siguiente, cuando los niños volvieron del colegio y terminaron de comer, les pidió que le acompañaran al jardín para ver la Piedad. Eso era algo que siempre hacía cuando terminaba un trabajo. Les decía que la nueva obra estaba acabada, y la madre y los hijos tenían que salir con él y contemplar la escultura, pese a que habían estado viéndola todos los días. Entonces, el padre se ponía a un lado y esperaba para ver qué opinaba la familia. Luego asentía y, radiante de felicidad, decía: «Sí, entonces no es una porquería. Puedo exhibirlo en público».

Era la primera vez que la madre no estaba presente cuando él le presentaba a la familia un trabajo terminado. En esta ocasión fueron solo Karel, Paul y Ula los que dieron una vuelta alrededor de la estatua, la palparon, acariciaron su volumen y las aristas sin desbastar.

—¿Y? –preguntó el padre.

—Yo no logro descubrir a mamá –dijo Paul al cabo de un rato.

—Sí –coincidió Ula–, tú le dijiste al obispo que querías darle a la Piedad algo de mamá. Pero yo no veo nada de ella. Esta Virgen no se parece a mamá absolutamente en nada.

Papá hizo un gesto de asentimiento y se quedó callado. Unos minutos después dijo:

—Tenéis razón. Para vosotros no se parece en nada a mamá. Pero yo le he dado a esta estatua algo de lo que mamá era para mí. Y conozco a mamá desde mucho antes que vosotros. Yo conozco todavía la chica que fue. Cuando nos conocimos, ella tenía dieciocho años. Recordad las fotos de la caja. Para mí, vuestra madre es también la chica joven que aparece en ellas. Cuando contemplo esta piedra veo a mamá. La veo con mis ojos y con mi corazón. Pero eso no os lo puedo contagiar ni explicar a vosotros. Cada uno de nosotros guardará a mamá en su memoria de una manera distinta. Y para mí, y solo para mí, es como esta obra.

—Tal vez, esa sonrisa –dijo Karel, y dio dos pasos hacia atrás–. Ahí sí puede verse algo de mamá.

—No –aseguró Ula–, esto es una piedra. Aunque te ha salido una Virgen espléndida, no es más que una piedra, papá. Mamá era muy diferente.

Por la noche, el padre hizo muchas llamadas telefónicas: al obispo, a algunos colegas a los que quería mostrarles la Piedad, y a la empresa de transportes que llevaba todos sus trabajos terminados a los lugares en los que debían exponerse.

El padre les dijo a los niños que el obispo los había invitado a ellos también para asistir a la colocación de la imagen de la Virgen y a la ceremonia de su bendición. Serían invitados del obispo y podrían visitar la ciudad. Si viajaban con él y con la estatua y asistían a la consagración, el viaje duraría diez días. Pero coincidía con las vacaciones de otoño y solo perderían dos días de clase.

Al día siguiente, el padre llamó al obispo una vez más, le comunicó la fecha de llegada del transporte a la ciudad y le confirmó que iría con

Karel, con Paul y con Ula, y también con Vagabundo, pues no podía dejarlo solo.

—Naturalmente -dijo el obispo–. A Vagabundo tienes que traerlo. Excepto tú, nadie conoce la piedra tan bien como Vagabundo. Pero en nuestra ciudad tendrás que llevarlo atado a la correa. En este punto no vamos a hacer una excepción con él. Díselo.

Karel escribía cartas todos los días, y todos los días recibía una carta en la que, además de la dirección y el remite, había pintados pequeños signos misteriosos. Tres días después de las conversaciones telefónicas con el obispo, fue a ver a su padre.

—A Petra le gustaría ver la escultura -dijo.

—Invítala. Puede estar en nuestra casa. Todo el tiempo que quiera -le contestó su padre.

Karel titubeó y carraspeó, y su padre le miró extrañado.

—¿Hay algo más? -le preguntó finalmente–. Suéltalo de una vez.

—Esto..., yo pienso que Petra... Bueno, ¿no podría hacer el viaje con nosotros? También ella tiene vacaciones.

—Creo que es posible -dijo su padre–. El obispo ha invitado a toda la familia, y Petra forma parte de ella.

Karel estaba radiante. Dio un paso hacia su padre y, de pronto, lo abrazó efusivamente.

—Gracias -dijo con cierto sonrojo.

—Cuando le escribas, salúdala de mi parte, por favor -dijo el padre.

Los siguientes días, el padre tuvo muchas visitas. Llegaban colegas y amigos para ver la Piedad y fotografiarla. Luego se sentaban con él en el jardín para conversar y comer. Cuando oscurecía o hacía mucho frío, entraban en la casa y allí seguían hablando. Los niños se sentaban con ellos algunas veces, pero casi siempre se iban a sus habitaciones y solo salían para comer. Las únicas ocasiones en que Ula no se apartaba de su padre era cuando se trataba de mujeres solas. Una vez, su padre le preguntó si era muy interesante para ella escuchar las conversaciones de los adultos, y ella se limitó a contestar:

—Alguien tiene que protegerte.

—Ah, es eso -dijo él–. Pero protegerme es tarea de Vagabundo...

—No puede hacerlo un perro solo -replicó Ula–, ni siquiera Vagabundo.

Y siguió sentada al lado de su padre hasta que la visitante se marchó.

17

El gran viaje empezó con un ruido ensordecedor. A las siete de la mañana llegaron a la casa una grúa y un camión. El padre abrió la puerta vieja del jardín y dejó entrar a los dos vehículos. Luego, controló cómo los operarios revestían la estatua de arpillera y madera. Después, los obreros sujetaron las cuerdas de acero de la grúa a las traviesas sobre las que se levantaba la Piedad. Tanto el padre como los hombres examinaron varias veces si estaba todo convenientemente asegurado. A continuación, el conductor de la grúa alzó un poco la estatua, y la gigantesca mole de piedra se balanceó a cinco centímetros del suelo. Los hombres no dejaron de dar vueltas alrededor de la escultura mientras esta pendía de la grúa. Finalmente dejaron otra vez la estatua encima de las traviesas y desayunaron con ganas. Ula había preparado el desayuno con Petra, Karel y Paul. Petra había llegado el día anterior, y todos la habían recibido muy cordialmente. En esta ocasión llevaba trenzas y, entretejida en ellas, una cinta amarilla. Además llevaba un broche con una mariposa, que a Ula le pareció muy bonito.

Petra les había llevado regalos. A Paul, un juego de habilidad. A Ula, un pasador en forma de mariposa, que era muy parecido al broche de Petra. Y al padre, un puro grueso, metido en un tubo metálico, que según dijo él resultó muy bueno. También a Karel le entregó Petra un regalo, envuelto en papel de colores. El chico lo abrió en su habitación y se negó a decirles a los demás de qué se trataba.

Después de desayunar fueron todos nuevamente al jardín. El gigante de acero alzó la piedra; luego, el brazo de la grúa la giró hacia un lado. Levantaron la estatua algunos metros más, la giraron por encima de la plataforma de carga del camión y, finalmente, la bajaron muy despacio, centímetro a centímetro, hasta que quedó encima de las traviesas, que ahora se hallaban en el camión.

Sacaron la grúa del jardín y la aparcaron delante de la casa. A continuación, pusieron delante de las ruedas del camión unos gruesos tablones de madera para que no se clavaran en la tierra. Luego Hubert, el conductor, montó en el camión y encendió el motor. Este rugió y las ruedas giraron en la hierba sin que el camión se moviera. Por fin, las grandes ruedas pisaron los tablones de madera. La madera se rajó y crujió. Los hombres se apartaron del vehículo. El camión avanzó muy despacio y salió del jardín dejando unas hondas rodadas. En cuanto alcanzó la calle, Hubert apagó el motor y se apeó.

—¿Qué has dicho, Utz? ¿Mil kilos? Son mil doscientos cincuenta, querido.

—No –dijo él–. Eso es lo que pesaba el bloque de piedra cuando me lo entregaron. Pero yo le he quitado doscientos cincuenta kilos. Puedo asegurártelo. Lo noto en mis huesos.

—Mi camión habría preferido que le hubieras quitado algún centenar de kilos más. Normalmente no son tan pesadas tus figuras.

—Sí –asintió el padre–. En esta ocasión se trata de una piedra muy especial.

—El motor va a tener que trabajar mucho. A fin de cuentas son ochocientos kilómetros.

—Lo que tiene que transportar tu camión es una mujer hermosa –dijo el padre–. Eso no debería ser para él una carga pesada.

—Efectivamente, la dama es hermosa, pero adolece de cierto sobrepeso. Bueno, pongámonos en marcha.

—Buen viaje –dijo el padre–. Nosotros nos quedamos un momento para dejar esto en orden y vamos detrás. No creo que te nos escapes.

El camión arrancó. Los niños recogieron los

platos del desayuno. Luego colocaron su equipaje en el coche. Entretanto, el padre había cerrado la puerta del jardín, con ayuda del conductor de la grúa. Por último, cerró la casa y montó en el coche. A su lado se sentó Paul. Karel y las dos chicas ocuparon los asientos de atrás. Vagabundo iba en el regazo de Ula y cuando esta creía que el perro se aburría, lo ponía en el regazo de Petra.

A la media hora dieron alcance al camión, y desde entonces viajaron junto con él y muy despacio, una veces delante del camión y otra detrás de él.

Como el vehículo iba muy despacio, no pudieron ir por la autopista y tuvieron que tomar carreteras secundarias y pasar por muchos pueblos y ciudades. Y en todas las poblaciones a las que llegaban, la gente se detenía en el arcén y señalaba con mucha admiración la figura de la Virgen con el hijo muerto sobre las rodillas. Algunas mujeres se santiguaban e inclinaban la cabeza. Siempre que ocurría eso, Ula le preguntaba a su padre, orgullosa y excitada, si lo había visto, y él se limitaba a murmurar algo.

Los coches que los adelantaban o que venían en dirección contraria tocaban el claxon, y los conductores les hacían gestos de saludo. En una ocasión, el camión se tuvo que parar en un cruce frente a un gran edificio en construcción, y los albañiles llegaron a aplaudir desde el andamio cuando vieron aquella estatua tan grande y tan hermosa.

Ula se quejaba de que Karel y Petra fueran todo el rato cuchicheando. El padre paraba de cuando en cuando, y los chicos cambiaban de asiento. En un momento en que Petra iba en el asiento delantero y había contemplado en silencio durante varios minutos la imagen de María que viajaba delante de ellos, él le preguntó:

—¿Te gusta mi estatua?

—Es maravillosa. Es solo una piedra y, sin embargo, parece estar viva. La Virgen está triste, pero al mismo tiempo parece orgullosa y llena de energía. Han matado a su hijo, pero ella transmite energía para seguir viviendo. Está afligida, pero no desesperada. ¿O es totalmente erróneo lo que digo?

—Ningún profesor de arte habría podido expresarlo mejor, Petra. Es exactamente así. Eso es justamente lo que yo quería conseguir.

Petra se sonrojó.

—¿Y cómo era antes la piedra, es decir, antes de que usted empezara a trabajar en ella?

—Un peñasco enorme y feo –exclamó Ula interviniendo en la conversación–, gris y agrietado. Pero yo supe desde el principio que papá lo conseguiría.

—Sí, era un bloque de piedra realmente enorme –dijo el padre–. Un coloso octogonal que elegí en Italia.

—¿Y se lo trajeron de Italia?

—Sí. Esa piedra gigantesca apareció de pronto en el jardín. Estuve varias semanas dando vueltas a su alrededor. Tardé mucho en familiarizarme con ella. Y aún tardé más en poder descubrir en ella a la Piedad. Y solo entonces cogí el cincel.

—¿No tuvo miedo de cometer algún error al quitar trozos?

—No, Petra. Es que yo veía a la Virgen. Estaba allí, en la piedra, con su hijo. De alguna manera, estaba encerrada en la piedra. Y yo solo tuve que quitarle la envoltura. Eso fue todo.

—Yo jamás podría hacerlo.

—Todos podemos hacerlo. Karel ha trabajado en la piedra, le ha quitado algunos trozos con el cincel. Y también tú podrás ayudarme algún día, si te apetece.

Petra se volvió hacia Karel y le miró con ojos radiantes.

—Y yo también. También yo puedo ayudarte –dijo Ula.

—Naturalmente –dijo él–. Algún día, yo me quedaré sentado en mi silla del jardín, con las piernas en alto, y os diré qué es lo que debéis quitar vosotros con el cincel.

Cuando ya llevaban seis horas de viaje empezó a oscurecer lentamente. Se detuvieron en un pequeño hotel, después de que el padre y el conductor del camión se pusieran de acuerdo haciéndose señales con la mano. El dueño tenía suficientes habitaciones libres y decidieron pernoctar allí. El padre llevó el coche al aparcamiento. El camión tuvo que quedarse junto a la carretera porque era tan grande que no cabía en el aparcamiento. Cenaron juntos y enseguida se fueron a la cama.

A la mañana siguiente se levantaron muy pronto, poco después de las seis. Fuera, todavía empezaba a clarear, pero Hubert quería hacer el resto del trayecto en un solo día, si era posible.

Viajaron nuevamente por carreteras secundarias. En las subidas, el motor del camión hacía un ruido estrepitoso por el esfuerzo, y el vehículo avanzaba más despacio cada vez, de suerte que todos temían que no pudiera seguir y se quedara parado.

Cuando ya les quedaban pocos kilómetros que recorrer, salieron a su encuentro un coche de la policía y un monovolumen negro. Los policías detuvieron el camión. Del automóvil bajó un señor mayor, que se acercó a ellos. Se presentó y les dijo que era el deán de la catedral y que, con gran placer, había recibido del obispo el encargo de acompañar a la Piedad en su entrada a la ciudad.

Luego continuaron viaje con protección policial hasta el interior de la ciudad. Delante de todos iba el coche de la policía con la luz encendida. Luego, el camión con la Piedad. Les seguía su coche y cerraba la marcha el monovolumen del obispo, donde iba el deán. Como avanzaban muy despacio y los otros coches no podían adelantarlos, la caravana aumentaba por momentos. Cuando llegaron al límite de la ciudad, los seguía una cola kilométrica de coches grandes y pequeños. Los conductores del final de la cola no podían ver la estatua de la Virgen. Por eso, no entendían por qué conducían todos tan despacio y tocaban el claxon irritados. Esa fue la causa de que la Piedad del padre entrara en la ciudad acompañada por una interminable caravana de coches y por un ensordecedor concierto de cláxones.

La policía los condujo directamente a la plaza de la catedral. El pedestal de la Piedad, un bloque rectangular de granito blanco, estaba ya preparado delante de la catedral. El pedestal estaba rodeado por un espacio clausurado con cintas blancas y rojas. Cuando la caravana de coches se acercaba a la catedral, un policía cortó la cinta y franqueó el paso al camión de Hubert. Ahora, la Piedad estaba junto a su futuro pedestal y miraba a la catedral. Allí se habían congregado ya muchas personas, y la multitud aumentaba constantemente. A Hubert le costó trabajo apearse del camión por la cantidad de gente que se apiñaba alrededor del vehículo.

En la plaza había mucha animación, pero nadie se santiguaba, nadie rezaba y nadie aplaudía. Ula estaba decepcionada. Había creído que la gente gritaría de júbilo.

De pronto empezaron a sonar las campanas. En ese momento, todas las personas se callaron y miraron a la Virgen María con el Cristo muerto entre sus brazos.

El padre y los niños se habían apeado del coche y se colocaron junto al deán de la catedral, que también contemplaba la Piedad en silencio.

—Bueno –dijo el padre–, ahí tiene usted a la nueva habitante de la ciudad. Es muy bella, pero la verdad es que me ha costado mucho trabajo.

Luego sacó un puro del bolsillo y se lo llevó a la boca sin encenderlo.

18

Al padre, a los niños y a Hubert los hospedaron en un hotel. El deán les dijo que al obispo le habría encantado saludarlos personalmente, pero que se lo impedía una misión propia de su cargo. Que estaría de regreso dos días más tarde. Y añadió que serían huéspedes suyos todo el tiempo que quisieran permanecer en la ciudad. No gastó ni una sola palabra en comentar el hecho de que el escultor se hubiera presentado con cuatro niños y no con tres, y se limitó a pedir una habitación más.

Petra, Karel y Paul querían ver la ciudad aquella misma noche. Pero después de cenar estaban tan cansados que se fueron inmediatamente a la cama.

Por la mañana fueron a la plaza de la catedral y vieron que la grúa estaba ya junto al camión. Se habían congregado muchos curiosos para contemplar cómo la piedad era erigida sobre su pedestal. Los niños estuvieron observando los trabajos durante cierto tiempo, pero luego se aburrieron y decidieron pasear por la ciudad.

Cuando regresaron a mediodía, la Piedad estaba ya en su pedestal. Sobre el trasfondo de la catedral, ahora miraba absorta a la ciudad, sosteniendo en sus rodillas, con dolor y sin lamentos, el cuerpo de su hijo muerto. Hubert ya se había marchado otra vez con su camión. Quería estar de regreso en su ciudad antes del anochecer. El padre paseaba solo por la plaza y contemplaba a las personas que observaban su estatua, y escuchaba sus conversaciones. Pero cuando vio a los niños se fue con ellos a comer.

Al obispo no lo vieron hasta el domingo, con motivo de la bendición de la Piedad. Asistieron a primera hora a la misa que celebró ataviado con sus vistosas vestiduras. Se cubría la cabeza con el alto sombrero episcopal, la mitra. En la mano llevaba el báculo, una especie de bastón curvo. En su dedo podía verse el anillo episcopal, y en el pecho, una cruz grande. Al principio habló sobre la Piedad del padre, de la que dijo que era una oración hecha en piedra. Aseguró que su creador, el escultor allí presente, era una demostración palpable de que «hemos sido vivificados por el aliento de Dios». Cuando oyó eso, Ula sintió un escalofrío y cogió la mano de su padre.

Después de la misa, el obispo recorrió la catedral en una procesión de dignatarios eclesiásticos y monaguillos, a los que seguían los asistentes a los servicios religiosos. Cuando pasó junto al banco en el que estaban sentados los niños y su padre, se detuvo y les indicó por señas que se acercaran. A partir de ese momento, los cinco salieron de la iglesia inmediatamente detrás del obispo y delante de los dignatarios eclesiásticos.

El obispo, de pie delante de la Piedad, pronunció algunas frases en latín, le dio su bendición a la escultura y, finalmente, la roció con agua.

—¿Qué está haciendo ahora? –preguntó Ula en voz baja.

—Eso es agua bendita –musitó Karel–. Con eso se consagra la estatua.

Después de la ceremonia, el obispo se acercó a ellos y les dio la mano a todos. Les preguntó por Vagabundo, al que habían dejado en el hotel. Conversó con ellos y se disculpó por no haber podido darles la bienvenida. Les dijo que, lamentablemente, tampoco en los días siguientes tendría tiempo disponible, y añadió que los dos días que había podido tomarse libres para visitarlos y ver la estatua habían sido sus únicas vacaciones aquel año.

—Y lo pasé muy bien con vosotros. Recuerdo muchas veces esa visita –dijo.

—Yo también, señor Kleeman –dijo Ula.

—Aquí tienes que decirme «señor obispo». Porque aquí no soy el señor Kleeman; aquí soy el obispo para todo el mundo.

—Muy bien, Excelencia –replicó Ula, e hizo una especie de reverencia de cortesía.

—No exageres ahora, Ula –le dijo el obispo, y rió. Luego dio con sus acompañantes una vuelta alrededor de la estatua, habló con algunos de los asistentes a los servicios religiosos y entró nuevamente en la catedral.

El padre y los niños se quedaron dos días más en la ciudad y aprovecharon para comprar varios periódicos, pues todos ellos reproducían la imagen de la Piedad y publicaban artículos sobre ella. También aparecían cartas de lectores que hablaban sobre la estatua. A algunos les gustaba, otros la encontraban demasiado grande; otros, demasiado pequeña, y otros opinaban que en la plaza de la catedral habría quedado mejor una fuente. Los niños leían los periódicos y se indignaban cuando las cartas de los lectores eran críticas.

El padre se reía.

—Mi Virgen no tiene por qué gustarle a todo el mundo, y menos desde el primer momento. Dentro de cien años muchos de ellos se indignarían si alguien quisiera quitarles la estatua. La gente es así. Y el arte requiere tiempo. Para apreciar una obra de arte es preciso familiarizarse antes con ella. Ocurre lo mismo que con las personas. Es verdad que la primera vista parece muy importante. Con ella se ve todo de una y por primera vez, y eso influye en las impresiones posteriores. Pero se ve todo y en realidad no se ve nada. Porque los detalles, los matices, las particularidades, la verdadera belleza solo se descubre más tarde, cuando se conoce durante mucho tiempo a la persona o a la obra de arte. Entonces se descubren los enigmas y misterios que pueden ocupar a uno durante todo el resto de su vida. Yo sigo hoy día pasando noches de insomnio cuando trato de averiguar cómo proyectó Miguel Ángel la cabeza de Moisés. Y en mamá descubro año tras año y día tras día algo que me sorprende y que no había visto antes. Así que démosle a la gente tiempo para que descubra la Piedad por sí misma.

Al día siguiente a la bendición de la Piedad, el deán fue a verlos al hotel y les preguntó si estaban satisfechos de la forma en que se desarrollaba todo.

—En la ciudad no se habla de otra cosa que de su Piedad. De nuestra Piedad –le dijo al padre–. Y todos la alaban.

—Bueno, parece que no todos –replicó él, y le mostró algunos periódicos.

—¿Le molesta esa insensatez? –preguntó sorprendido el deán.

—En absoluto. Solo pretendía decirle con esto que no todos admiran mi escultura –dijo el padre, y rió–. Le he cogido a usted en un pequeño renuncio, señor deán.

—Si se hubiera tratado de mí, papá habría dicho que miento, simplemente –observó Ula con gesto severo.

—Sí, y mentir está mal, ¿no es cierto? –le preguntó el deán a la niña–. Incluso un pequeño renuncio es una mentira, tienes razón.

El deán se dirigió nuevamente al padre:

—Y aunque también la envidia es pecado y una necedad humana, tengo que confesarle que estoy un poco envidioso de su talento. Yo no soy nada hábil y jamás podría sacar de una piedra algo así. Y eso es solo el aspecto artesanal de su trabajo. De su genio creador, de su talento, de su fantasía, no quiero ni hablar.

—Oh, mire usted, yo no sé nada de que haya en mí un genio creador. Yo tengo que conseguir todo a fuerza de trabajar. En realidad es con las manos y con los ojos con lo único con que trabajo la piedra. Cuando lo artesanal está bien, también el resto está en orden. Eso siempre surge de algún modo, y ni yo mismo sé muy bien cómo.

—A eso precisamente me refiero yo, a ese «de algún modo». Unos lo tienen y otros pueden pasarse la vida entera luchando por él y nunca lo conseguirán. Nuestro Señor ha repartido sus dones de forma desigual.

—Sin embargo, algunos sí los ha repartido de manera muy igualitaria –objetó Paul. Como todos le miraron sorprendidos, prosiguió–: La inteligencia, por ejemplo. Todo el mundo ha recibido la suficiente.

—¿Sí? –preguntó extrañado el deán–. Nunca lo había observado. ¿Cómo has llegado a esa conclusión, muchacho?

—¿Crees realmente eso? –preguntó Ula–. Yo conozco a muchos chicos y chicas de mi clase que son tontos y no tienen ninguna inteligencia.

—Es una más de las típicas frases estúpidas de Paul –suspiró Karel, excitado, y sacudió la cabeza.

—Bueno, bueno –lo calmó el deán–, es posible

que a tu hermano solo le falte experiencia. Porque yo tampoco creo que todos los hombres tengan suficiente inteligencia. También tú tendrás que comprobarlo algún día.

—Yo tengo suficiente experiencia –dijo Paul–. En mi clase se congrega un buen término medio de los hombres. Allí hay buenos colegas y vividores, verdaderos amigos y vino aguado, gente de la que te puedes fiar y algunos que mienten más que hablan. Mi clase es en cierto modo representativa de la humanidad.

—Entonces tendrías que saber que el Señor no ha bendecido a todos los hombres con la inteligencia en la misma medida.

—Me veo forzado a contradecirle, señor deán. ¿Conoce usted a un solo hombre que opine que no tiene bastante inteligencia? Todo lo contrario. Todos creen que podrían dar a los demás un poco de su propia inteligencia.

Papá soltó una carcajada. El deán abrió los ojos como platos y, luego, sonrió también. Y Karel le dijo a Petra:

—¡Lo sabía! Paul siempre sale del aprieto con una explicación disparatada.

El deán le pidió al padre que a la mañana siguiente fuera a verle a su despacho, pues a fin de cuentas aún había que resolver un asunto económico. Y añadió que al día siguiente estaban todos invitados a la residencia oficial del obispo, que quería comer con ellos.

—A las doce. Y sean puntuales, por favor. Porque el obispo tiene la agenda repleta.

Se despidió. Pero antes de marcharse, se dirigió otra vez al padre:

—Ah, casi se me ha olvidado. El obispo le ruega que lleve usted a un mendigo.

—¿Un mendigo?

—Sí, eso ha dicho. Tampoco yo lo he entendido, pero él piensa que usted sabe de qué se trata.

—¿Qué clase de mendigo? –el padre estaba perplejo y les preguntó a los niños–: ¿Sabéis vosotros a qué ha podido referirse?

—¿No podría ser un vagabundo? –le preguntó Paul al deán.

—Sí, eso es exactamente lo que ha dicho su Eminencia. Que lleve usted a un vagabundo.

Al oír su nombre, Vagabundo levantó la cabeza.

—¿Has entendido, Vagabundo? Te ha invitado el obispo.

El deán de la catedral hizo una inspiración profunda y pareció aliviado al caer en la cuenta de que el vagabundo no era un mendigo.

—Ah, así que tú eres Vagabundo. Pues bien, mañana te esperamos a ti también.

19

Por la mañana fueron al zoo. Karel y Petra estuvieron con ellos. Ula pasó todo el rato al lado de Petra, y Karel escuchó divertido la conversación de las dos chicas.

Por la tarde fueron juntos a un café y pidieron helados. Luego visitaron el centro de la ciudad y vieron una película tridimensional que describía un viaje a los tiempos prehistóricos. La película resultó muy emocionante. Todos se asustaron cuando los gigantescos dinosaurios fueron directamente hacia ellos abriendo las fauces. Las chicas chillaron y hasta papá se sobresaltó. Después de la sesión cinematográfica, Ula y Petra quisieron saber cómo se hace y cómo funciona una película tridimensional. Karel se lo explicó detenidamente. Pero cuando ya llevaba diez minutos hablando del asunto, Ula puso los ojos en blanco y Paul dijo:

—Creo que ahora ya lo tenemos todo claro. Y si dices una palabra más, no vamos a entender nada.

Karel iba a replicar irritado, pero Petra le dio un beso en la mejilla, y él se quedó callado.

Cuando al día siguiente llamaron a la puerta de la residencia del obispo, les franqueó la entrada un hombre joven. Los condujo a un recinto de cuyas paredes no se veía nada porque todas estaban cubiertas de estanterías que llegaban hasta el techo, repletas de infolios que parecían muy antiguos y de mucho valor. El hombre les rogó que esperaran y les llevó una jarra de agua y vasos.

—¿Habrá leído el señor Kleemann todos esos libros? –preguntó Paul, dubitativo.

—Probablemente. Y algunos más –respondió su padre–. No se llega a obispo leyendo tan solo unos cuantos cómics.

—Si es así, quizá llegue un día en que no haya ningún obispo –dijo Paul, y sonrió–. O quizá tenga que ser obispo Karel. Porque también él lo lee todo.

Ula dijo alterada:

—Pero entonces ya no podrá darle a Petra... –se detuvo sin terminar la frase y enrojeció.

—¿Qué? ¿Estás pensando en que entonces no le estaría permitido besar a Petra? En eso tienes razón –Paul miró con ojos radiantes a su hermano y a Petra, pero ninguno de los dos dijo nada.

Unos minutos más tarde entró el obispo en la habitación. Ahora se parecía otra vez al profesor de matemáticas de Ula. No llevaba ninguna vestidura solemne, sino un traje sencillo. Solo el gran anillo de su mano indicaba que seguía siendo obispo.

Se acercó al padre y lo abrazó.

—Y tú, ¿quién eres? –le preguntó a Petra después de saludar a la familia y a Vagabundo–. A ti no te conozco todavía. Utz me ha ocultado una hija.

—Soy Petra –dijo tímidamente la chica.

—Sí, es nuestra Petra, mi nueva hija. Cuando estuviste en casa, yo todavía no tenía noticias de ella. Pero ahora forma parte de la familia. Por eso nos ha acompañado hasta aquí.

—¡Qué estupendo para ti contar de pronto con una hija más! Especialmente tratándose de una joven tan guapa –dijo el obispo–. Sentémonos. Por desgracia no puedo comer con vosotros. Mi chofer está con el coche en la puerta, y me esperan urgentemente.

—¿El Papa?

—No, Ula, no es el Papa. Hay un asunto que tengo que gestionar con el Gobierno. Y una vez más, se trata exclusivamente de dinero. A menudo tengo la impresión de que soy un funcionario de hacienda y no un obispo. Así que hoy tendré que renunciar a la comida y contentarme con unos bocadillos. Mala suerte, muy mala suerte. Me había alegrado tanto la perspectiva de comer con vosotros...

—¿Come usted sándwiches como los del colegio, señor Kleemann?

—Sí. Podríamos decirlo así. Muchas veces solo como unos sándwiches a mediodía. No me dejan tiempo para comer.

—Pero los del Gobierno seguramente le ofrecerán algo.

—Así es. Pero lo que me ofrecen allí son esos pequeños canapés que no alimentan nada, solo engordan y vuelven tonto. Y precisamente un obispo no debería estar gordo ni volverse tonto.

Entró en la habitación una mujer que llevaba una bandeja con mandarinas, plátanos y manzanas, una tetera y zumos de fruta. Saludó con un gesto a los visitantes y puso todo encima de la mesa. A los dos hombres les sirvió té en las tazas. Delante de los niños colocó vasos, y les pidió que se sirvieran ellos mismos. Luego salió silenciosamente.

—Es un trabajo maravilloso, Utz. Estuve observándolo ya el primer día, cuando la Piedad estaba todavía en el camión. Por la noche, tuve tiempo hacia la una y me quedé contemplándola casi una hora. Me he dado cuenta de por qué dijiste en su día que la estatua no estaba aún terminada. El hombro derecho está ahora mucho más contorneado. Pero, sobre todo, la sonrisa es distinta, completamente distinta. Tu Virgen tiene ahora un brillo maravilloso. Una sonrisa llena de gravedad. Llora a su hijo con una digna serenidad. Es una sonrisa que le rompe a uno el corazón.

El padre se limitó a asentir en silencio.

—Yo no tuve ocasión de conocer a vuestra madre. Pero si la Piedad tiene algo de ella, debió de ser una mujer maravillosa. Pensaré en ella siempre que observe mi Piedad, y eso será muy a menudo. Pensaré en ella y en vosotros. Y rezaré por ellas, por vuestra madre y por la mía.

Luego se levantó, se acercó al escultor y lo abrazó.

—Muchas gracias, Utz. Por la Piedad, por tus hijos, por todo. Espero que no os entristezca el hecho de que la Piedad ya no esté en vuestro jardín. De todos modos, estáis cordialmente invitados a venir a verla siempre que queráis. Y tú tendrás una fotografía de ella, ¿no es cierto, Utz?

—Papá tiene una Piedad propia. Ha esculpido una pequeña piedra, un modelo –intervino Ula.

—No, no se trata de una piedra –le corrigió su padre–. Es un patrón de escayola y solo de ochenta centímetros de alto. Pero eso es mejor que una fotografía.

El obispo asintió satisfecho.

—Por desgracia tengo que marcharme –dijo–. Sois mis invitados todo el tiempo que queráis. En el comedor hay una mesa puesta para vosotros. En la cocina están al tanto de que también ha venido Vagabundo, no se olvidarán de él. Creo que Karel y Paul podrán dar cuenta de mi ración también. Y mi postre se lo pueden repartir Ula y Petra. Y ahora que Dios os guarde.

Ya había abierto la puerta cuando se volvió otra vez y abrió su cartera de mano.

—He estado a punto de olvidarlo. Esto es para ti, Utz. Y he dado órdenes de que todos los años se te envíe una caja como esta el día de la bendición de nuestra Piedad.

Con estas palabras le entregó una pequeña caja de puros.

—Fumar no es sano, señor obispo –dijo Ula–, tan poco sano como beber alcohol.

—Tienes toda la razón, Ula. Y yo espero que vosotros, los jóvenes, os comportéis un poco más sensatamente que nosotros, los mayores, y no empecéis con el tabaco ni con el alcohol. Adiós.

Cuando se marchó el obispo, entró de nuevo el hombre joven y los condujo al comedor. Apenas se habían sentado cuando les llevaron la sopa en una sopera. Acudió un camarero y les preguntó qué querían beber. Luego puso un recipiente delante de Vagabundo y le preguntó al padre qué podía darle al perro.

—Agua -dijo papá–, solo un poco de agua.

Se hallaban en un recinto suntuoso. Casi todas las mesas estaban ocupadas, y solo se veían hombres que conversaban unos con otros durante la comida. Contemplaban con curiosidad a los niños y al perro, pues no debía de ser frecuente ver allí algo así. Algunos se dieron cuenta también de que Botón estaba sentado en la mesa. Y que hubiera osos sentados a la mesa en el comedor episcopal todavía era menos frecuente.

La comida fue exquisita, y el helado de vainilla con frambuesas, tan rico que se hubieran comido tres. Además, el camarero acudió una y otra vez con platos de postre que les ofrecían los comensales de las otras mesas. Después de comer pasaron junto a ellos varios hombres que saludaron a los niños y alabaron la escultura de la Piedad. Uno de ellos vio la caja de puros que el padre tenía sobre la mesa y comentó:

—Caramba, buenos puros fuma usted, distinguido maestro. Un tabaco tan exquisito solo puedo permitírmelo yo una vez al año.

—Lo mismo me ocurre a mí –replicó él–: solo una vez al año. Así está acordado.

A la mañana siguiente abandonaron la ciudad. Aunque en esa ocasión corrieron bastante más, no llegaron a su casa hasta bien entrada la noche. Hicieron varias paradas para visitar lugares de interés, o porque Vagabundo se ponía nervioso, o porque querían comer algo. Al final dieron un rodeo para dejar a Petra en su casa.

En el vivero de sus padres había tres grandes invernaderos. En uno de ellos se levantaban numerosas plantas de tomates trepadores cargadas de frutos resplandecientemente rojos, a pesar de que era ya octubre. Cuando se despidieron, la madre de Petra les regaló una bolsa llena de tomates. También les entregó dos ramos de flores y les dio las gracias por haberle brindado a Petra la posibilidad de hacer con ellos aquel viaje tan bonito.

Una vez en casa, los niños descargaron el equipaje porque el padre, en cuanto se apeó del coche, corrió al jardín para ver cómo estaban sus bloques de piedra. Y aunque ya había oscurecido y apenas pudo distinguir nada, no volvió a la casa hasta media hora más tarde. Entretanto, Karel y Paul habían deshecho las maletas y Ula había puesto la mesa para la cena.

—¿Estás triste porque ahora ya no tienes aquí tu estatua? –le preguntó Ula.

El padre sonrió y sacudió la cabeza.

—Está muy bien donde está. La escultura necesita la catedral como trasfondo. Para eso la hice. La catedral le proporciona el marco adecuado y la posibilidad de respirar.

—Al señor Kleemann no le agradaría saber que solo ves su catedral como decorado de tu Piedad –dijo Karel.

—Creo que él lo entiende así. Por eso quiso esa estatua. Y por eso quiso que la hiciera yo.

Aquella noche el padre le propuso a Ula leerle un cuento muy corto, uno que solo tenía dos páginas, porque era muy tarde. Ula protestó, pero estaba profundamente dormida antes de que su padre llegara a la mitad de la primera.

20

La tarde del primer domingo de noviembre fueron juntos al cementerio. Querían preparar para el invierno la sepultura de la madre. Ula y su padre retiraron las flores marchitadas y los dos chicos cubrieron todo con ramitas de abeto. Después, guardaron un minuto de silencio delante de la tumba. Ula tenía a Botón en los brazos. Vagabundo los miraba extrañado porque ninguno decía nada. Luego, ladró para pedirles que emprendieran el camino de regreso a casa.

—Adiós, mamá –dijo Ula, y le hizo a la tumba un gesto de despedida–. Papá ha hecho para ti una Piedad preciosa. Ahora regalarás tu sonrisa durante más de mil años a todas las personas.

El padre sacó su pañuelo y se limpió la nariz. Karel se agachó apresuradamente para atarse un zapato. Y Paul le dio a su padre unos golpecitos paternales en el hombro.

Vagabundo volvió a ladrar con fuerza, instándoles de nuevo a regresar a casa.

—¿Cuándo volverá Petra a hacernos una visita? –preguntó el padre en el camino de regreso a casa.

—El domingo quiero ir a verla yo –dijo Karel–, pero quizá el fin de semana que viene.

—Eso estaría bien –dijo su padre–. Si es así, tenemos que guisar algo muy especial. ¿Le gusta el pescado?

—No lo sé. De todos modos, en la playa comimos pescado juntos.

—Entonces, si viene haremos una perca. Compraremos una bien fresca.

—Y yo prepararé para Petra mermelada de frambuesa –dijo Paul–. Sé que le gusta mucho.

—Es cierto. Nunca tiene bastante –dijo Karel.

—Hay cosas peores –comentó Paul–. Por mí, tu Petra podría venirse a vivir con nosotros. Yo no tendría nada en contra.

—Así seríamos cinco otra vez –exclamó Ula, entusiasmada.

—Bueno, también sus padres tendrán algo que decir sobre ese asunto –observó el padre. Pero Paul dijo:

—Quién sabe, tal vez se venga realmente a vivir con nosotros algún día. Porque nuestra casa es suficientemente grande.

Ahora todos miraron a Karel.

—Es verdad. Tenemos bastante espacio. Petra podría vivir en la habitación de mamá. Está vacía. Y no queremos montar en ella un museo, ¿no es cierto?

—Tienes razón -dijo el padre-. Tenemos que empezar a vaciarla. Todas las cosas importantes las llevaremos al desván. Y luego decidiremos qué muebles deben permanecer en la habitación. Es posible que Petra se instale allí algún día. Pero ese momento aún tardará en llegar. Hasta entonces podría alojarse Karel en ella. O que él coja mi habitación y yo me mudo a la de mamá.

Los niños asintieron. Vagabundo llegó corriendo con una pelota destrozada que debía de haber encontrado en algún rincón, y la dejó a los pies de Ula. Le dirigió una mirada que pedía un gesto de reconocimiento.

—Bueno, ahora vamos a comer un trozo de tarta. ¿Quién de vosotros calienta el cacao y pone la mesa? Yo aún tengo que preparar algo en el jardín. Mañana Hubert me trae un bloque de piedra nuevo.

—¿Qué clase de piedra? ¿Una grande?

—No, no es muy grande. Es granito. Carlo se ha hecho con él y me ha llamado. Cree que es demasiado bonito para hacer de él una lápida. Lo he visto. De esa piedra se puede sacar algo.

—¿Qué, concretamente? ¿Sabes ya en qué se va a transformar?

—No, Ula. Antes tiene que estar unas cuantas semanas con nosotros. Tengo que empezar por conocerla. Debemos olfatearla un poco Vagabundo y yo. ¿No es cierto, Vagabundo?

El perro asintió con un ladrido.

—En cualquier caso, tengo que hacerle sitio en el jardín. Así que, ¿quién hace el cacao?

—Yo no tengo tiempo –dijo Ula–. Le he prometido a Marlene pasarme después por su casa. Es que sus padres le van a regalar un perro para su cumpleaños. Y ahora tenemos que decidir de qué raza y para eso tengo que echarle un vistazo más a mi libro sobre perros. Y todavía no sabemos qué nombre ponerle.

—Y yo tengo que acabar de programar una cosita de nada en el ordenador –explicó Karel–. No me llevará mucho tiempo. Solo una media hora, o así.

—Solo una media hora, o también dos –dijo Paul–. Ya veo que una vez más me toca a mí. Está bien, haré el cacao y cortaré la famosa tarta de chocolate y cerezas. Pero cuando termine y os llame, tenéis que venir todos.

—Claro, Paul –dijo Ula, y entró corriendo en la casa con Vagabundo.

TE CUENTO QUE CHRISTOPH HEIN...

... antes de decidirse a estudiar Filosofía, trabajó como librero, periodista e, incluso, en una cadena de montaje. Tras acabar la carrera, Hein se introdujo en el mundo del teatro y fue asistente de dirección y dramaturgo en una compañía berlinesa. Lo que aprendió en esos años le sirvió tiempo después, cuando optó por dejar todo atrás y trabajar en su casa como traductor de numerosos libros y también como escritor de sus propias obras. ¿Escribiría con la misma sensibilidad sin haber pasado antes por tantas experiencias? Seguro que no.

Christoph Hein nació en Silesia (Alemania) en 1944 y actualmente vive en Berlín. Tras estudiar Filosofía, Hein comenzó a escribir para adultos: novelas, relatos, obras de teatro y ensayos. Galardonado con los premios de literatura alemana más renombrados, desde hace unos años escribe también para niños.

¿QUIERES LEER MÁS?

SI TE HA GUSTADO **MAMÁ SE HA MARCHADO** PORQUE ESTÁ PROTAGONIZADO POR UNA FAMILIA MUY UNIDA Y QUE COMPARTE TODO LO QUE TIENE, NO PUEDES DEJAR DE LEER **EL SECRETO DE PAPÁ**, que muestra la estupenda relación que existe entre un hijo y su padre, empeñado en hacer dieta y ponerse en forma a toda costa.

EL SECRETO DE PAPÁ
Jürgen Banscherus
EL BARCO DE VAPOR, SERIE NARANJA, N.º 171

Y TAMBIÉN TE GUSTARÁ **¡HERMANOS HASTA EN LA SOPA!**, la divertida historia de una familia llena de hermanos y sus vacaciones nada convencionales.

¡HERMANOS HASTA EN LA SOPA!
Teresa Broseta
EL BARCO DE VAPOR, SERIE NARANJA, N.º 158

SI, LEYENDO ESTE LIBRO, TE HAS DADO CUENTA DE QUE A VECES EN LA VIDA LAS COSAS NO SALEN COMO QUEREMOS, PERO QUE ENTONCES ES IMPORTANTE QUE LAS PERSONAS QUERIDAS NOS APOYEN Y COMPRENDAN, LÉETE **HAY UN CHICO EN EL BAÑO DE LAS CHICAS**, que cuenta cómo un niño diferente encuentra a un amigo que le ayuda a integrarse en su clase y su pandilla.

HAY UN CHICO EN EL BAÑO DE LAS CHICAS
Louis Sachar
EL BARCO DE VAPOR, SERIE NARANJA, N.º 161

SI TE HA GUSTADO LA MANERA EN QUE SALE ADELANTE ESTA FAMILIA TRAS LA MUERTE DE LA MADRE, NO TE PIERDAS **EL REGALO DE LA ABUELA SARA**, y comprenderás el dolor que siente Liana cuando cree que su querida abuela Sara va a morir.

EL REGALO DE LA ABUELA SARA
Ghazi Abdel-Qadir
EL BARCO DE VAPOR, SERIE NARANJA, N.º 145